殺手

killer

風華絕代的正義

九把刀Giddens：編導

聰明又自信的超人氣殺手。能千里窺視犯罪者的女警。從不殺人的莫名其妙殺手。

一場以正義為名，神乎其技的華麗犯罪。

月、歐陽盆栽、豺狼、騙神：領銜主演

沒錢殺人的賤民作家

由於寫作取材的關係接觸幾個貨真價實的殺手，讓我留下了鮮明的印象。這些殺手的共通特性，是絕口不提自己做過哪些案子；很少有技術性拔尖的職業，卻必須強迫自己低調行事，炫耀資歷豐富只是將自己逼入險境，我很同情這種因職業需要而產生的自我壓抑，所以也沒過分逼問。

倒是殺手都很喜歡說同業的八卦、穿鑿附會、謠言、或是不可思議的傳說，每每讓我聽得一愣一愣，甚至懷疑眼前正向我說故事的人就是傳奇本身。

有時說故事的殺手，會說著說著便情不自禁流下眼淚。我遞給他衛生紙，他卻很生氣說他哪有哭，還恐嚇我如果在外面聽到別人說他哭過，他一定把我的雙手砍下來，讓我以後只能用舌頭敲鍵盤。（怕你喔！）

有的殺手則太熱情，硬是拉著我到山區試試開槍的真正滋味。但其實我超怕我的指紋會留在槍柄，然後被他設計變成某件兇殺案的代罪羔羊。

有的殺手知道我現在孤家寡人一個，興致勃勃說要介紹一個女殺手跟我交往，還強調超漂亮超溫柔，又綁馬尾！我當然很心動，但個性多疑，一透過別的殺手探聽，發現那個女殺手專宰男友領保險金……挖靠，是怎樣！

總之，這本書，就這麼收錄了兩個殺手的經典故事。

相對於月風華絕代的「正義」，歐陽盆栽對人間正路的觀感，更接近台灣社會信仰的「公道」。

正義說的是一套放在任何情境下都能成立的行為準繩，黑白分明，風火雷電。

公道則是含糊不清的做人處事道理，講的是「面面俱到」、「通情達理」、「是否讓所有的人都感到不滿意但尚可接受」。

所謂的公道比起凜然的正義，更有彈性，更有點溫度，放在人與人之間，多了一份相互理解的包容。一個現代民主社會，法律無法兼顧到所有的面向，凌駕在法律之上有正義，法律腳下則有頻頻握手的公道文化。

在這樣並不矛盾的對比之下，正義誕生英雄，公道擁抱敵人。

這就是人們可愛的地方，我們崇拜月，但跟歐陽盆栽交朋友。

不過說歸說，我還是無法理解殺手跟不上社會流行腳步的一面。那個老愛約我在麥當勞啃速食的沒品味殺手，總是讓我非常想動手開扁。

那天是個雨後出太陽的午後，據說他剛剛宰了個價碼很高的傢伙，心情還不錯。我趁機向他下單子，希望他可以算我便宜一點。

「我想殺掉文學暢銷排行榜上面，排名在我前面的這些傢伙。」我滿心期待地列了一張清單，推到他前面。

「挖，這麼多人？」沒品殺手咬著漢堡，差點吐了出來。

「欺世盜名的作家總是賣得比較好。宰了乾淨，幫助文壇革命。」我握拳，眼睛發亮。

殺光他們，我就是文學暢銷作家第一把交椅了。從來沒有登上暢銷排行榜第一名的我，終於可以嚐嚐高處不勝寒的孤獨滋味！

「天啊，我說你未免也賣太爛了吧，還分頁！」沒品殺手翻著我用釘書針整理好的幾頁清單，嘲弄的語氣搞得我超不爽。

「拜託啦，這些作家都沒練過，超好殺的。」我勉強擠出笑臉，看著他猛按計算機，上面不斷累積的數字看得我心驚肉跳。

「喂，這個新銳作家的小說我也有看耶，還沒連載完我怎麼殺？看不到後面我就頭大了……」沒品殺手指著清單上，一個小說家的名字。

「讓他斷頭，我付雙倍。」我不在乎，兩手一攤。

幾分鐘後，沒品殺手噗嗤一聲笑出。

「我看這樣吧？你不如叫出版社幫你買排行榜比較方便，造假比殺人要省錢多了。」沒品殺手將計算機推到我面前，我幾乎沒暈倒。

好貴，我得去搶劫王永慶，然後順手綁架郭台銘……囧rz

「不好意思，請問殺人可以分期付款嗎？」我抓著頭髮，好想哭。

「沒有。」

「可是東森購物頻道都可以分期付款，網路購物也是。」我很激動。

「沒有。」

「如果你讓我分期付款，以後我當上首席暢銷作家每一本書都讓你當主角，想一想，你可以拿著我的書去把妹，說，正妹妳看看，這本書的主角是我喔，深情款款的王牌殺手漢堡人……有沒有搞頭！」我手舞足蹈，簡直瘋了。

「沒有。」沒品殺手嘲笑似看著我，就這麼輕輕撕掉我的清單。

……

我想，像我這種亂七八糟什麼都寫的賤民作家，還是老老實實敲鍵盤吧。

殺手三大法則

一、不能愛上目標，也不能愛上委託人。

二、絕不透露出委託人的身分。除非委託人想殺自己滅口。

三、下了班就不是殺手。即使喝醉了、睡夢中、做愛時，也得牢牢記住這點。

殺手三大職業道德

一、絕不搶生意。殺人沒有這麼好玩，賺錢也不是這種賺法。

二、若親朋好友被殺，也絕不找同行報復，亦不可逼迫同行供出雇主的身分

三、保持心情愉快，永遠都別說「這是最後一次」。

killer

殺手

風華絕代的正義

目次 Contents

kill er
殺手 月
風華絕代的正義

1

士林法院外，十幾輛ＳＮＧ廂形車嚴陣以待的陣仗並不稀奇，每次有名人上法院，不管是影視明星或是政客名流，一沾上了官司，絕對是媒體追逐的目標。

但如此浩大的抗議陣仗可就不多見了。

約莫五百多名綁著白布條抗議的失業員工聚集在一起，每個人都哭腫了雙眼，手裡揣著雞蛋與汽笛喇叭，聲嘶力竭地悲吼著。

抗議布條寫著「還我血汗錢」、「孩子上學沒學費」、「吸血魔王害慘我全家」、「無良商人掏空退休金」、「預備上吊中」等等，有些白布條上還潑上紅色墨水，格外觸目驚心。

然後是冥紙。

漫天飛舞的冥紙，象徵這場公司掏空舞弊案的背後，葬送了多少人的家計幸福，與原本就微不足道、現在卻再也抵達不了的小小夢想。

鎮暴警察以替代役男打前鋒，手持黑色盾牌，無奈地站在抗議群眾前。為了沒有正義的法律跟這些可憐的民眾對抗，每個警察的眼神都流露出無限同情。

西裝筆挺的奸商沈常德在四個高級律師的陪同下，一走出法院，就被潮水般的記者給團團包圍。而法院界最有名的背後靈柯寺海先生，當然也沒放過這次的機會，依舊雙手高舉白紙黑字的聲明稿，照慣例站在主角沈常德的後面偷點鎂光燈。

記者的麥克風瘋狂伸遞到沈常德的面前，拋出一個又一個尖銳的問題。

「沈先生！請問您對這次鉅額的交保金額有什麼看法？」

「對於積欠這些失業員工的薪資與資遣費，您有沒有後續的補償？」

「關於外界謠傳您一直將營運資金匯往大陸的人頭帳戶，您有什麼辯解？」

「請問高達八千萬的交保金額，是誰幫您出的錢呢？」

「上星期壹週刊登出您經常出入頂上魚翅，請問破產的你還有幕後金主嗎？」

但是再怎麼尖銳的問題，都扎不穿沈常德的厚臉皮，他默不作聲，微笑向示威的群眾揮揮手，這個動作讓抗議的失業員工幾乎要憤怒暴動起來。

「快點暴動啊？快丟雞蛋啊？然後被鎮暴的條子用水柱涼快一下吧！」沈

常德持續假惺惺的微笑，肚子裡都是邪惡的念頭。

年近六十的沈常德面色極其紅潤，一點都不像申請破產、聲稱無力負擔兩千名員工追討退休金與積欠薪資，應有的潦倒模樣。

在申請破產的這段期間，沈常德的身邊不乏正在念大學的校園美女陪伴。他採陰補陽的淫亂功夫，跟他藏匿侵吞巨款的本領一樣高明。

除了美女，沈常德的口福依舊，還是有辦法每週吃兩次頂上魚翅，將自己養得棒極，白皙的皮膚底下透著各種珍貴補品帶來的漂亮血色。這樣的面容為沈常德贏得了「吸血魔王」的綽號。

「關於這些為公司盡心盡力打拼的員工，我一定會請求認識的銀行、與企業界的朋友代為處理，就算要我跪下來拜託，我也在所不惜。」沈常德感性地說，腦子裡卻是另一個念頭。

高達八千萬的交保金額不過是個障眼法。

比起沈常德掏走的二十七億，區區八千萬算得了什麼？愚蠢的媒體只會繞著保釋金額大作文章，說不定還會為他博取他不應得的同情。

「由於我在上次大選表態支持泛藍，這次的起訴很明顯是政治惡鬥的栽贓抹黑。我相信司法很快就會還我清白，我也正在與我的律師商討控訴壹週刊的不實報導，對於……」沈常德沉痛地發表聲明。

殊不知，收賄的檢察官在讓沈常德交保後，並沒有以有逃亡之虞為理由向法官提出限制出境的要求。再過六個小時，沈常德就會大大方方搭乘前往香港的班機，看是要轉進深圳的基地，還是直飛美國舊金山的豪宅。

總之，決不可能留在台灣接受狗娘養的審判。

抗議的民眾終於砸出雞蛋，但由於距離太遠，連沈常德的鞋子也無法沾到，悲憤的力量讓民眾開始往前推擠，一把又一把的冥紙從未停過。

鎮暴警察敲打盾牌警示，緊接著就噴出強力水柱，嘗試驅散抗議的民眾。

「這些下等人，冥紙就留給你們自己吧……」沈常德嘴角上揚，強忍笑意。

突然，柯寺海雙手高舉在沈常德兩旁的黑白聲明稿，飛濺上鮮豔的紅色。

柯寺海張大嘴，臉上都是花花白白的漿狀物，黏黏答答，帶著生腥的氣味。

聚攏在一塊的記者全都瞪傻住眼，再也沒有人多問一個問題了。

沈常德的眉心間，多了一個黑色的小圓洞。

小圓洞的邊緣，是高速燒灼的焦。

而小圓洞的另一個出口，則是沈常德後腦勺巨大的不規則開口，腦漿、血水、碎骨、與肯定墜落地獄的黑色靈魂，全都一鼓作氣炸裂出去。

在SNG現場連線的狀態下，攝影機無聲地將這恐怖絕倫、卻又大快人心的一幕，即時傳送到兩千三百萬雙眼睛裡。

沈常德忽地兩眼上吊，雙膝跪地，脖子機械式往上一抬，看著天上的白雲。

三百公尺外，晾著白色被單的天台上，飄著同樣的白雲。

「別看著天空，你到不了那裡。」月微笑。

2

如果想你殺一個人，卻因為太忙不能自己動手，聘個殺手是個選擇。

不管你想聘雇哪種人做哪種事，越有錢的話選擇就越多。

聘雇殺手也一樣。

一箱滿滿鈔票，說不定可以雇到使用火箭筒，用針刺飛彈徹底轟碎目標的恐怖份子。你的仇人將在爆炸聲中血肉橫飛，不滿意都找不到理由。

沒錢的情況下，其實也能湊出些廉價的方案，總有幾個剛好缺錢嗑藥的路邊混混……那種穿了花襯衫，嚼著檳榔，隨時露出挑釁眼神的低層次混混，願意為了幾張鈔票冒一次險，將水果刀捅進你的仇家懷裡。

你沒看過嗎？水果日報頭條或是奇怪的八卦週刊偶而也會報導歐巴桑突發奇想買兇殺夫這樣的事。只是品質難以保證。一分錢一分貨，到底還是個道理。

或是乾脆選擇分期付款？不過你得先找到退隱已久的吉思美。

但你不會想到月。

月很特別。

他身上的光不像太陽一樣，耀眼得讓人雙眼難以直視。

就如同他的名字。

月的光淡淡地冉動著純潔的銀，為所有注視擁抱。

很少有殺手會將正義掛在嘴邊。

他們做的事不夠資格，或者在殺死另一個人的時候根本不會想到正義這一層。

偶而有殺手會出現錯覺，覺得他的所作所為跟正義扯得上邊。我想不能說是自欺欺人，只能解釋為是偶而安慰一下自己的浪漫，帶點世故的嘲諷。更可能的是，他們正好接到一張很合乎社會正義的單子……目標是個人人喊殺的過街老鼠。如此而已。

很少殺手會有理想。

殺手遵循的是法則，不管是公認的，或是自己的。

但法則不是理想。美其名，不過是職業道德的內在延伸。

遵循法則的意志，能令殺手在執行任務時心無旁騖，讓整個過程盡可能的順暢，排除不必要的困惑，例如情感上莫名其妙蔓生的雜訊等等。

但月具備以上兩種，與殺手特質矛盾的美德。

月將身為殺手這檔事，當作實踐正義、完竟理想的必要素質。

3

數月前，俯瞰城市的高樓天台，兩柄狙擊槍凝立在架上。

白雲浮浮，兩個巧遇的悠閒神槍手。

月，與鷹。

很巧，他們受雇自不同的委託人，卻都指明同樣的目標。

要殺一個人，就要觀察那一個人的生活慣性，研究出最脆弱的那個

「點」，並思考那個「點」所需要的種種條件。

風阻，光線，角度，警局的距離，人潮的密度，與從容的逃脫路線。

而月與鷹都因專業選了同一個時間、同一個天台，只能說目標真犯了太歲。默契地笑了笑後，兩個殺手聊了起來。

殺手共同的話題便是蟬堡的最新進度，還有相互補充彼此闕漏的章節，兩人大肆批評一番，又開始猜測故事的結局。

最後目標出現。

「怎辦？」月笑笑，其實心中已有了計較。

「自己做自己的吧？」鷹苦笑。正合月的意。

於是兩人同時扣下板機。

在兩顆同樣致命的子彈鑽擊下，倒楣的目標臥倒在毫無意外的血泊中。

鷹從大衣裡拿出一朵花放在天台角落。

「原來你就是那個愛種花的鷹。」月不訝異。

「嗯。」鷹熟練地拆卸槍具。

「我是玩網路的月。」月大方揭露自己價值一億的身分。

「嗯，這陣子你很出名。」鷹似乎也不意外。

很少有事情能夠衝擊到鷹的情緒，鷹的自制力絕強，來自於他對殺手法則的尊重，與天生的嚮往寧靜。

「對了，你對報章雜誌上對你的評論有什麼看法？」鷹好整以暇將槍具裝妥。

「你是指？」月也收拾完畢，站了起來。

「上頭寫著：儘管你呼應了社會大眾的期待，但當鮮血在你臉上塗開，即使是為了正義，同樣令人作嘔。」鷹轉述，闔上槍箱，站起。

「但總得有人去做。」月同意，但微笑。

鷹也笑了。

月的不疾不徐，以及對自己信仰的認知與自信，讓鷹覺得很舒服。

「保重。」鷹瀟灑地轉身，揮揮手，不回頭。

「祝你早日達成與自己的約定。」月莞爾：「這個城市，只需要吉思美跟我就足夠了。」看著鷹的背影離去。

4

於是，月在自己的網頁上，寫下這兩句對話。

當鮮血在臉上塗開，即使是為了正義，同樣令人作嘔。但總得有人去做。

的確。

就像垃圾車清道夫一樣，如果嫌臭不上工，一個星期，整座城市都將淪陷在無以復加的惡臭中。久了，每個寄居在城市裡的人都會生病，每次呼吸都會被細菌塞滿整個鼻腔。

更久以後，每個人都會對這樣的氣味習以為常。

「犯罪？你在開玩笑嗎？不過是推了老太婆一把，幫她下樓梯快些罷了。」

或是「不會吧，走後門綁標那種事不是天天在發生嗎？多看看報紙吧老兄！」

或是「有沒有搞錯……我自己生的女兒，我想怎麼搞都行！」

有句話是怎麼說的？入鮑魚之肆，久聞不覺其臭。就是這個意思。

在這座城市裡，長得像人的活動垃圾不少。既然是這種垃圾，就沒有可燃跟不可燃的分別，更別提哪些是屬於資源回收了。

殺手月，就負責清除這些人型垃圾，免得城市積久發臭。

如你所想像，不少貪婪政客、角頭流氓死在月的手上。那些人不是表面上道貌岸然，骨子裡多行不義，就是根本齜牙咧嘴壓榨其他人的幸福。

夠資格被正義殺死的人太多。

某天你所知曉的某某人照片，赫然出現在月的獵頭網站上，一點也不足為奇。

5

我知道你在想什麼。讓我們先用老套故事的老套敘述法碎寫看看。

一個自詡為正義出頭的殺手，聽起來很自以為是，獨斷獨行。其實是小時候不愉快童年的受創記憶，或是糟糕至極的精神受虐經驗，導致這位殺手將奪取他人性命作為矯正自己快要偏差的價值準繩的唯一手段（是的，說到將殺人作為唯一一種替自己解套的行動方案，本身就存在著爆炸性的封閉性格，能量過大，封閉依舊，發洩的管道只好橫向膨脹扭曲下去），藉著俐落除掉不愉快的人事物，自我映照式剔除內在的邪惡突變。

事實上更可能的是，白天自以為解決了部份問題，夜夜入夢後才發覺無法擺脫根深蒂固在記憶裡的不愉快污點。最終，這位殺手迷失在正義偏斜的天平裡，逐漸變成偏激的危險份子。

典型的，創傷型的悲劇英雄。

這是好萊塢英雄電影公式裡最著名的一條，廣泛應用在家人被壞蛋殺死的警探，同事代替自己中彈身死的警察，遭遇恐怖輪姦並拍照的女律師，父親因公殉職孤獨長大的女探員上。對了，還有他媽的蝙蝠俠與蜘蛛人。

但月真的不一樣。

你見過了就會知道，月俊俏的臉龐從未浮出一點陰暗的顏色。

正義讓他容光煥發，笑起來有如銀色月光。

因為月的正義，有強大的民主作為後盾。

這年頭講究民主的人都很受歡迎。所以月根本就是殺手界裡的人氣王。

月每個月都會在他的個人網站上，公開他「想」殺死的人。

這些額頭長了靶心的倒楣鬼為什麼名列榜上，全靠月從各個報章媒體上收集資料（不幸的，身為名人是必需的被殺要件，原因後表），想辦法透過訪談與近距離觀察，加以判斷，過濾篩選。

但這些垃圾究竟會不會遭到清除，則是交給社會大眾決定。民主的第二步。

獵頭網站裡，月會替這些「目標」照片下，附註一串阿拉伯數字。價錢。

價錢的標準通常都很高，是一般殺手價碼的十倍、甚至二十倍。或多或少也代表著這些害蟲不易清理的程度。

這樣的高價自是當然。尤其獵頭網站是公開的，這些害蟲一旦看見自己的照片掛在上頭，不嚇得加派保鏢將自己團團圍住才怪。難殺得很。

網站附上好幾組瑞士銀行的祕密帳戶，不同的帳戶針對不同的害蟲標的。

殺人收錢，天經地義。任何人都可以透過各式各樣的跨國轉帳，指定某位印堂發黑的害蟲，將錢匯進月的祕密帳戶，成為贊助殺人的雇主之一。

月不期待每個在自己初選名單中的城市垃圾，都會遭到社會大眾的唾棄。金額沒達到，月就不會動手，也會平息心中那股想要除之後快的衝動。甚至反省。

自己為什麼會列出社會大眾覺得沒有必要除掉的人呢？是自己的人格中哪一角缺了陷，致使篩選失之偏頗？

還是大眾無法像他一樣，在最危險的距離，去窺看那些醜陋的最真實？還是那些被列進去的大害蟲，多少也有點討喜之處，只是自己不懂欣賞？

「算他們好狗運。」有時候，月會得出這樣草率的結論，笑笑釋懷。

對於正義的定義，月毋寧是極為開放的。既不死抱自己對正義的審美觀，也懂得欣賞社會大眾對正義的看法。

久了，月開始覺得，正義肯定不是一組硬梆梆的定義，而是一堆隨波逐流，可供即時詮釋的個案。

但他依舊信仰光。

照亮這個世界的，因信仰而偉大的燭火。

6

「TIME，亞洲地區年度最受歡迎人物。殺手，月！」

就是這麼回事。

月，成為家喻戶曉的殺手。

一個不接受任何單一委託，架設網站邀請大眾聘雇自己的正義殺手。

想為民除害卻無法親自動手嗎？

亟欲站在集體正義的一端嗎？

迫切希望某個惡貫滿盈的壞蛋，消失在這座城市嗎？

捐助你能提供的金額，捐助你的正義，捐助你靈魂裡最珍貴的部份。

一旦瑞士銀行帳戶內的數字飆升到月所定下的界限，正義便會裝填好子彈。

喀擦。

「月會出動！」於是報紙上便會出現這個斗大標題。

「月又得手！」半年內，報紙就會做出聳動的追蹤報導。

7

佈告欄上貼著十大通緝要犯的賞金榜。

榜首貼著斗大的「月」字，也是唯一沒有照片的通緝犯，空洞得很荒唐。

賞金：一億。

「還是沒有月真實身分的線索？」

陳警司很不滿，幾乎以咆哮的姿態，將整個警署的氣氛壓到最低。

大家面面相覷，低頭做自己的事，不敢停手，免得成為被上司鎖定轟炸的靶。

「警察！你們可是一群警察！怎麼做事的！老百姓養你們幹什麼吃的！」

陳警司大吼的模樣，誇張得像是妄想角逐影帝的爛演員。

當局對月的存在很感冒，到了病態的地步。

過去三年來，就有三十四個政治人物上了月的賞金害蟲榜。其中有七個被全民通緝，陸續被月暗殺。不負所託。

比起假惺惺的全民拼治安，月的效率跟誠意顯然凌駕了警方好幾百倍。

「一個殺人兇手有事沒事就成了報紙頭條，你們有沒有自覺啊！」

陳警司繼續大吼，基層刑警都在心裡幹罵著。

那陳警司你自己呢？你那大吼大叫的樣子，其實也只是做做表面工夫吧？就連編列預算撰寫電腦病毒駭掉月的網站這種輕而易舉的事，陳警司也總是擺出高高在上的官威嘴臉。

彥琪尤其不滿。

身為專案組拿這位全民殺手的刑警，卻是月的崇拜者。

月是什麼模樣？彥琪的原子筆，受著某種牽引似地劃下一撇。

一個專業殺手的臉孔，幾乎只有委託人會知道。有些目標摸著貫穿胸口、留在襯衫上的焦炙彈口時，連殺手的影子都沒見到就沒有氣息。

月的臉孔深埋在網路後。不需要委託人認識他，月也不需要認識委託人。

「他一定是個紳士，縱使不帥，也應該生得很有氣質。」

彥琪是這麼想的，還在素描本上畫下她想像的月。

之前那個倒臥在立法院門口的貪污立委，彥琪也將一天的飯錢匯進月網站上的祕密帳戶。那次的謀殺，她也有一份——而且感到榮幸。

所幸殺人網站上的帳戶流通受到瑞士銀行的保護，不可能被知道誰資助了月的「正義」，要不，一旦身為刑警的彥琪資援了全民殺手的事曝光，那還得了？又有多少警察暗地裡也是支持著月？

月的電腦功力深湛，加上獲得亞洲駭客界熱忱技術支持，警察要放病毒攻堅月的網站，總是徒勞無功，偶有佳績，幾天後月的獵頭網站總能捲土重來。

「你長得蠻好看的嘛。」彥琪滿意地看著素描本上的月。

在彥琪藍色原子筆的筆觸下，月有張乾淨的臉，沒有刻意整理卻很爽朗的瀏海，薄薄的微翹嘴唇，一雙看不出殺手慣性憂鬱的眼睛。他不需要。

素描本角落寫了「正義殺手，月」五字。

吐吐舌，下班的時候到了。

8

捷運大安站出口對面，星巴克，二樓。

月不抽煙，所以坐在窗明几淨的角落。

恰恰供一個人使用的圓桌旁，一張椅子放大揹包，後頭掛著米色麂皮外套。

小圓桌上則放著台蘋果筆記型電腦，十二吋的銀色PowerBook，相當符合月對美學的要求。簡潔，俐落，不假以多餘的修飾。

當然沒有人知道月是月。尤其他的電腦螢幕上，不是那屌到翻的獵頭網站，而是網路美女選拔的投票頁。

「年輕人的基因是越來越好了，嘖嘖。」

月說，瀏覽著一頁又一頁可人兒的介紹。

這話一點也沒錯。跟整型一點也沒有關係，光是營養好，懂得打扮，這年頭街上的女孩子出落得越來越漂亮，腿長些，豐滿些，眼睛明亮些。

由於法則三，月有個很不錯的工作跟身分。

他是PChome的網路購物管理員之一，負責傷腦筋該辦什麼特惠活動、怎麼來個商品搭配、甚至還要調查別家網購的價錢等。此外，他最近還弄了個漂亮的兼差——管理網路自拍美女的Blog，一方面監視有沒有暗示援交的出軌狀況，另一方面還幫幾個人氣排名很前面的學生美女外拍，給些進演藝圈的建議或途徑。總的來說，是個賞心悅目的優差。

月不是月時，他的名字叫子淵。

這麼說有點奇怪，畢竟月只是月的「藝名」，而子淵才是正主兒，真真正正用了三十三年的招牌。雖然不若月響亮。

子淵啜了口香草拿鐵咖啡，拿起昨天外拍的數位照相機，抽出儲存卡，放進筆記型電腦裡讀取。然後挑個幾張，直接上傳到網頁的美女圖集。

「還有比這回事更愜意的工作了嗎？」子淵笑笑，頗為滿意。

可不是？

昨天那場外拍，就任何約會上的定義來說，它就是場氣氛上乘的約會。對方是個女高中生，不會刻意穿著泡泡襪、百褶裙的耍可愛，自然的青春，從見面打招呼那刻起就充滿了朝氣。

子淵喜歡能令尷尬自動解除的女孩，那會省去不少麻煩。所以他們在淡水漁人碼頭拍了兩百多張照片，其中有一百多張是兩人的合照，不能放上網的。

對了，女孩叫什麼來著？

「田曦？是叫田曦麼？」子淵在觸控板上點了幾下，果然是叫田曦。子淵不是月的時候，腦子可沒月那麼靈光。

喀喀。

子淵身邊的椅子被拉開，一個女孩端著盤子坐下。

女孩手裡還夾著份報紙，露出標題：「金牌老大之死是否與殺手月有關？」吸引了子淵的注意。

已經兩個多禮拜了，金牌老大被狙殺的消息還是佔據各大新聞版面。有這麼重要嗎？子淵並不覺得。這新聞會被媒體牢牢盯上，除了金牌老大跨越黑白兩道的身分特殊外，另外就是殺人手法的殊異。

金牌老大討人厭，也的確列在月的獵頭網站上。但金額還沒達到，照理說全民殺手是沒有理由出動的。然而能夠在極短的時刻內，居高臨下瞬間殺死金牌老大諸多護衛與埋伏者的殺手，屈指可數。

矛盾的地方在於，金牌老大是被刀子給刺死的，在情婦家裡的麻將房裡停止呼吸。一刀狠狠貫入心臟，毫不留情地攪動，可以想像過程快又乾脆。

但這樣野蠻的殺人手法並不是月的作風。要執行到那樣的程度，一定得兩個人。

是的，搭檔。一個在上，一個在下。

這樣的新奇的組合吸引了媒體，當然也吸引了許多犯罪專家跑到評論節目「新聞挖挖挖」裡去大放厥辭，認為「殺手月」從一開始就是個殺手集團，而不是單一個人。

女孩打開報紙，專心地在上頭畫起紅線來。

「哦？」子淵有些好奇起來。

有誰看報紙，會認真到需要畫線？

子淵的電腦螢幕貼有高反射鍍膜，不動聲色一轉，調整個角度，將畫面調黑，子淵就從螢幕的鏡面反射中看到了女孩畫線的內容。

都是關於金牌老大喪命的追蹤報導，與專家對殺手月的諸多看法。女孩的紅線一條畫過一條，久了子淵便發現，女孩根本沒有所謂的重點。紅筆只是閱讀的一種方式，強迫自己留心自己讀到了哪個句子。僅此而已。

五分鐘後，子淵的咖啡已經喝完，將畫面調亮。

「都是胡扯，是吧？」女孩開口。

「……」子淵，下意識地將螢幕角度調開。

「不這麼認為嗎？」女孩又說。看樣子是發現了子淵在窺視她。

「是指人生嗎？是啊，真是一團糟啊。小丸子的姊姊說，人生就是不斷的在後悔。」子淵隨口亂答，笑笑。

「我是說報紙。」女孩抬起頭來，臉色突然有些詫異。

子淵不懂，做了個無法理解女孩表情的表情。可被歸類為笑。

「好像在哪裡見過你。」女孩愣愣。

「通常這樣的話應該反過來吧。」子淵聳聳肩。

「反過來？」女孩不解。

「是啊，理應是一個男的看到一個女的，然後才說出這句。」子淵說的是最常用的搭訕技巧。

通常答案並不需要男生主動開口，女孩多會自己補上「對啊，我曾被說過像哪個明星」這樣的回應，而且面帶燦爛笑容。

一旦出現笑容，往往就是好的開始。只是不曉得被哪個情聖將這個好方法洩漏出去，至今已經變成了台客搭訕美眉的濫觴。

「可我真的在哪裡見過你。實在是面熟的過分！」女孩苦思。

「我不記得有誰說我像哪個明星。還是妳其實是個星探？不過我已經三十三歲，用演藝圈的週期來看，我早過保固了。」子淵開玩笑。

「……」女孩還在艱辛的苦思。

「結束無聊的對話吧。我請妳喝杯咖啡。」子淵笑。

對於跟女孩子聊天，他總是很樂意。

有句廣告是怎麼說的？能接吻就不忙說話，生命就該浪費在美好的事物上。

「我已經有了。」女孩指指桌子上的焦糖瑪琪朵。

「啊，妳瞧我。」子淵傻笑。說過了，子淵不是月的時候，可沒月那樣靈光。

女孩沒再理會子淵，埋首在另一本帶來的壹週刊上，繼續畫線。

子淵再坐了一下後，就收拾桌上，穿上外套起身離開了。

由女生主動開口搭訕，自己卻碰了一鼻子灰這種事，子淵還真不習慣。

「呼。」子淵吐出一口長氣。

9

坐在星巴克裡，將報章雜誌劃滿一條又一條筆記線的，正是刑警彥琪。

子淵離開後，彥琪還是想不起來她到底在什麼地方看過他。

但無所謂，據說一個人在這個世界上，至少會有三個跟自己面貌相似的人存在。如果彥琪在三個地方分別見過這三個人，一人一次，當然就會覺得面熟，然而其實一點干係都沒有。

於是神經很大條的彥琪很快就不再做多餘的思考，全神貫注在關於月的有趣報導裡。一條又一條的橫向紅線，逐漸因為彥琪的拼湊拉出斜來斜往的連連看。

彥琪的功課一向很好。

小學老師曾經打趣說，彥琪的集中力只限於眼睛前方的一公尺，所以在課本、參考書、考卷上發生的一切，都難不倒聰明的彥琪。

「但一公尺以外的事物，對彥琪來說就是一片恍惚了。」小學老師附註。

彥琪是台北市迷路的冠軍，彥琪能牢記一整本公車路線圖，對從A處到達B處該如何轉車瞭若指掌，甚至可以列出五種搭配捷運的轉乘方法，並依照上下班等車潮時段分析哪個時間該採取哪條路線比較省時。

儘管如此，彥琪還是會因為在公車上發呆而錯過下車時間，或是太專注看書而下錯站，或是一不留神就搭錯了車。

大學聯考那年，彥琪甚至在公車上背英文單字而錯過試場，趕緊叫了計程車衝去考試後，卻惶惶然找不到自己的教室。彥琪根本就記錯了試場學校。

當上了刑警，自然也可想像彥琪發生的種種糗事。

但彥琪的小學老師說錯了一點。彥琪並非對一公尺外的事物一片恍惚，相反的，彥琪的注意力太容易被外在的事物給分散開，然而活在多焦點的世界裡，彥琪卻沒有相應的能力，導致彥琪乾脆灌注精神在眼前的瑣碎事物上，免得繼續凸槌。

「八點了。」彥琪走出星巴克，過了馬路，來到捷運大安站。

剛坐下，彥琪就習慣性要做點什麼小事情，好打發耗在交通上的餘暇。繼續看書，看漫畫，塗鴉，都是彥琪維持自我運行的方式。

對面座位，一個小男孩酣睡在母親的懷裡，口水都快流了出來，而母親自己也靠在褐色玻璃上睡得挺好，遺傳得很透徹。

「是個好題材呢。」於是彥琪拿出隨身素描本，準備畫下母子熟睡的模樣。

打開，愣住。

「……」彥琪呆呆地看著素描本上，今天下班前用原子筆畫的草稿。

彥琪這才明白，自己為什麼對在星巴克邂逅的男人覺得面熟的原因。

剛剛那個藉著筆記型電腦螢幕反光偷看自己的男人，長得好像……好像自己純粹靠想像塗鴉出來的「月」！

「不會吧？」彥琪閉上眼睛，努力回想剛剛那男人的模樣。

乾淨的臉。

沒有刻意整理卻很爽朗的瀏海。

一雙看不出殺手慣性憂鬱的眼睛。

彥琪的腦海裡的記憶影像，已迅速往素描本上的想像描繪靠攏。

記憶是會騙人的，以各種自我矇混的方式。但此刻的彥琪卻不這麼想。

科技大樓站過去了，六張犁站也過去了，許多人下車上車。

「他是個殺手。」站在彥琪左前方，抓著吊環的女孩說道。

「……」彥琪抬起頭。突然開口的女孩正低頭看著她手中的畫。

彥琪按在素描本上的手指，正好遮住塗鴉的落款「正義殺手，月」的字眼。

「怎麼說？」彥琪注意到一公尺以內的女孩，抓著吊環的手有幾個不小心沾到的小色塊，大概也喜歡畫畫創作。

「他的眼睛像是在告訴其他人，我不是個殺手。但正常人不會這樣撇清。」女孩的另一隻手上，拎著一朵未經修剪的裸莖波斯菊。

「有些牽強的理由。我根本沒看過這個人，我只是隨便畫的。」彥琪回應。

「但他就是個殺手。」女孩篤定，眉宇間有股神氣。

「謝謝。」彥琪不明究理，但還是掛著微笑。

「不客氣。」女孩點點頭。

麟光站到了。

拎著波斯菊的女孩下了車，彥琪則繼續看著畫發呆。

「不過別擔心，他看起來是個好人。」女孩像是想到了什麼，回頭說。

門關上。

「我知道。」彥琪當然知道。

10

晚上十點，台北市的一半人口兀自在外遊蕩，子淵則跟另一半的人回到家中。

淡水河畔，漁人碼頭。

殺人的收入頗豐，子淵住的地方自然不差，是每坪價四十萬的好地段好大樓，完善的門房管理，私人電影放映室、健身房、游泳池等公共設施應有盡有。

還有最重要的，位於七樓，能夠在各種時段欣賞到淡水河景致的好視野。

沖了個澡，月為自己調了杯馬丁尼，坐在餐桌旁打開電腦，進入網路的世界。

「Ramy不知道在伊斯坦堡開不開心？」子淵看著MSN的使用者好友列表，已經懸空好幾天的Ramy。

Ramy自從接受月的建議，到伊斯坦堡渡假散心後，就一直沒有消息。真是個彆扭的傢伙，要不就是流浪過了頭，忘了上線。子淵笑了起來，移動滑鼠，點開網頁瀏覽器，進入了月的獵頭網站。

此時，子淵已經進入了夜的領域，成了高懸於黑暗上空的月。

月輕輕啜著酒杯邊緣，看著害蟲照片底下的帳戶數字最新的爬升進度。

其中，有個違法超貸吸金案的女企業家，葉素芬，底下「募款」的金額只差一百二十多萬就達到了啟動狙殺令的標準。

一個叫歐陽盆栽的殺手也在線上。

「看來，正義殺手又要出動了。」歐陽盆栽捎來訊息。

「不敢當。」月回應。

他知道自己的動向全明擺在網站上，是所有殺手的關注焦點。

「最近還在跟女友吵架麼?」月隨意寒暄。

「是啊,我就像核彈處理小組,二十四小時都在考慮要剪紅色的線好還是綠色的線好。」歐陽盆栽。

「將戀愛關係比喻成炸彈的人,要不跟另一半吵架還真是挺困難的。」月。

「還好品質一流的做愛可以解決大部分的問題。」歐陽盆栽。

兩個從未謀面卻相交甚久的殺手,就這麼在線上交談了起來。對於獨來獨往的殺手來說,網路的隱蔽性提供了很好的安全掩護,使得殺手之間的交流比起十年以前還要熱絡太多。

「對了,打開電視吧,新聞挖挖挖快開始了,我看之前的預告,似乎又要談論你的大事業了。」歐陽盆栽提醒。

「喔?希望這次可以說得有趣一點。」月回頭,打開電視機。

11

T台，談話性節目現場。

「其實自從殺手月出現的這一段時間以來，我們可以發現，殺手月的獵頭網站在選擇狙擊目標時採取與警方不一致的立場，月的目標中沒有通緝要犯，取而代之的呢，大多是遭到檢察官起訴，官司頗有爭議的大人物。這些大人物有錢、有地位、有企業，卻名列殺手月的獵頭榜。」主持人鄭弘義面帶公正客觀的笑容。

「歡迎收看今天的，新聞挖、挖、挖！」主持人于美輪點頭微笑。

這集電視節目裡的特別來賓，是警大知名的犯罪社會學教授楊博士，負責偵辦殺手月連鎖案件的陳警司，以及黑暗小說家九把刀。

現場還有一台筆記型電腦，鏡頭時不時就帶到網路的即時畫面，有時是月的獵頭網站，有時是校園bbs關於殺手月的討論串。

節目一開始，先是回顧了科技公司掏空案的主嫌葉素芬的新聞。

「楊博士，這次殺手月鎖定的幾名狙殺目標中，以針對葉素芬的捐款金額最多，請問這反應了什麼社會現象？」主持人鄭弘義問道。

「白領犯罪的現象在現代金融社會裡有越來越嚴重的趨勢，常聽到的比如違法超貸、企業掏空、金融詐欺等等，雖然沒有直接造成被害人死亡，但對整個社會的影響層面遠遠超過其他的犯罪。如果黑心企業家掏空公司逃逸，結果造成五百人突發性失業、拿不到薪水，等於影響到五百個家庭，如果加上因為購買暴跌股票的受害者，社會受創更遽，更嚴重還可能會引發自殺的問題。」楊博士推推眼鏡，看著擺在桌上的講稿。

月同意，兩位主持人更是不停點頭。

楊博士繼續慢條斯理道：「但是在法律的規定上，白領犯罪的制裁卻是非常輕微，往往吸金數十億卻只能輕判三到五年，加上假釋條例的配套，實際執行的刑期更短，根本不足以產生嚇阻之效……」

暗黑小說家九把刀插嘴道：「更別提法律這種規定完全沒有伸張社會正義的精神，根本就是為有錢人犯罪規劃好的漏洞，惡法難循，只會讓小老百姓覺得很幹。幹歸幹，幹有什麼用？那些歪屌立委根本就是故意不修法！」

主持人鄭弘義忍不住附和：「是啦，國內的法律是有檢討的空間啦，許多重大經濟犯在交保後就大大方方跑到國外不回來了，即使法律再怎麼輕判，那些有錢人就是不爽坐他一天牢。這些人怎麼可以讓他交保呢？交保後又怎麼可以這麼輕易就放他們出關呢？」

「還是月對整個社會講義氣，乾脆挺身而出放槍給他死。」九把刀摸著下巴的鬍子，被身旁的陳警司狠狠瞪了一眼。

鏡頭切換到月的獵頭網站畫面。

由於節目效應，現在的數字又比剛剛增加了十幾萬。而且持續增加中。

主持人于美輪很快答道：「所以這次社會大眾在獵頭網站鎖定葉素芬，可以說是廣大受害者憤怒的反應囉？」

于美輪看著在案情偵辦上毫無進展的陳警司。

「廢話，捲走二十億偷偷藏在不知道哪裡的葉素芬，如果乖乖認罪把錢吐出來，那個殺手月哪來的理由轟爆她的頭？有錯要承認，被打要站好嘛。」小說家九把刀挖著鼻孔。

電視機前的月不禁莞爾。

「至少可以說，這起事件程度上反應了社會的某種價值。」楊博士不置可否。

「哼，根據瑞士銀行的客戶保密協定，我們無法知道是哪些人透過匯款的方式金援殺手月，所以當然無法斷然指稱集體買兇的人是以葉素芬掏空案的受害者為主，說不定那些數字只是障眼法，根本沒人資助，只不過是月遂行個人意志的犯罪。」陳警司的額頭上突然爆出一條青筋，沉著聲道：「不過！要是如果我們破解網路，取得是哪些人在集體買凶的資料，混蛋！nosense！通通移送法辦！藐視公權力就要付出代價！」

氣急敗壞的陳警司模樣，逗得電視機前的月哈哈大笑起來。

而在陳警司粗著脖子講話的期間，月的網站上的數字又出現新的變化。贊成殺死葉素芬的金額又往上跳了三十萬。

「廣大的支持不代表正義，民主之外配套法治，才是健全的體制。所以我們還是無法承認，在法律之外的私刑符合任何正義原則。」楊博士理性地做出他的結論，在場所有人紛紛點頭。

雖然沒有人知道，因為葉素芬掏空案致使手中股票斷頭慘陪的楊博士，在私底下也匯了三千塊贊助月的獵殺。損失兩百多萬股本的楊博士衷心希望，葉素芬未來的死他也有出到力。

有出到力，壞人伏罪時，更能享受到血液燒灼的快感。

在街上遇到歹徒搶奪皮包，你畏懼歹徒的兇狠不敢挺身而出，標準的自我保護。在報紙上看見工程圍標導致的滅門血案，你只敢從鼻孔裡噴出怒氣。好一個廉價的義憤填膺，但你又能有什麼作為？

理由總是一堆。不是正義感不夠強大，而是能力的不足。所以你無法說服自己，在簡單的、區區的金錢贊助時，仍舊採取姑息養奸的態度。

「今天三大報做了一個民意調查，指出民眾有百分之六十一贊成殺手月選擇的目標該死，注意喔，是該死！但是卻只有百分之三十二的民眾同意贊助殺手月的暗殺行動，其中的差異頗值得注意。」鄭弘義拿出一張圖表。

「百分之三十二……很多了啊。平常真看不出這個社會這麼熱血啊，哈哈！」小說家九把刀快樂地挖著鼻孔。

「熱血？荒謬！全民買凶讓台灣的國際形象低落到了谷底！」陳警司對著小說家九把刀的耳朵咆哮。

「網路上的校園bbs討論區，不管支不支持殺手月的行動，討論氣氛都十分熱烈呢。」于美輪趕緊轉移話題，鏡頭立刻切換到電腦網路的畫面。

是擁有廣大鄉民的台大ptt站，人氣暴漲的hate板。

每一頁bbs的討論串，標題有八成與殺手月有關，氣氛熱烈，砲火也不斷。

楊博士清清喉嚨，用發表學術論文的口吻說道：「殺手的世界距離一般人太遠，也太虛幻。矛盾的是，殺手卻在電視電影漫畫小說中隨手可拾，這樣十分廉價的元素與題材以一種「被創造」的虛擬形式空洞地接近著大眾。月的獵頭網站正好符合兩種距離間的奇異折衷。」

的確，網路的虛擬特質讓網友贊助獵殺社會敗類的動作，在道德上處於遠距離的狀態，買凶的感覺與壓力驟輕；卻因為贊助動作執行之簡單，緊密了網友內在道德。月心想。

月可是讀過一書櫃心理學的高材生。在學識的涉獵上，決不遜於歐陽盆栽。

喝了口水，楊博士繼續說：「虛擬的網際空間提供一個全民制裁的場域。坐在電腦螢幕前咬著牙，以電子轉帳的方式贊助殺人的網友，或許在點選下「確定」的瞬間後腦會升起一股燒灼感，但實際感受到買凶殺人的道德缺失卻是很輕微的，相反的，自己會因為同時有很多人參與了集體的聘雇決定，而產生很充實的錯覺，甚至，還會生出榮譽感。」

電視上的學者專家繼續討論，內容也漸漸沒有新意。

月的注意力又回到了電腦MSN上。

「你真紅。」歐陽盆栽的訊息。

「別盡是羨慕，這對我執行任務只有壞處沒有好處。」月回應。

「也是，這些大人物一旦認真防範起來，可是難殺得很——即使對你這種殺手來說。」歐陽盆栽。

「所以值得挑戰。」月笑。

12

低氣壓持續籠罩台北市刑事局。

一個女人不悅地坐在會議桌上，瞪視幾個穿著高階制服的警官。桌上的杯水動都沒動過，沒有人敢吭聲，或是將眼睛瞟向一臉慍色的女人。

此人正是葉素芬，而她的立委老公則正在隔壁陳警司的辦公室裡咆哮，吼聲硬是不留情面穿過兩層木板門，此間會議室裡聽得清清楚楚。

葉素芬正面臨遭檢察官強制羈押的窘境，但此時此刻殺手月的格殺金額偏偏達到滿水位，葉素芬一下子從壓榨投資人血汗錢的魔鬼，扭曲矮化成了被子彈鎖定太陽穴的可憐蟲。

在律師團的建議下，葉素芬狠狠咬住這一點，與立委丈夫共同跑到刑事局勒索他們需要的東西——舒舒服服的人身保護。

「幹什麼吃的！政府公權力竟然放任一個黑道殺手，公開威脅善良老百姓的生命！有沒有自覺啊！」隔壁房一陣大叫，拍桌巨響。

緊接在後的，是一串語意不明的唯唯諾諾。

彥琪就坐在葉素芬對面，幾乎無法迴避葉素芬高壓迫性的眼神。

葉素芬的單眼皮上塗著濃濃紫色的眼影，在略高的鼻樑兩旁眯成一條將所有人看扁的線，猶如隻飽餐一頓的禿鷹。

會議室門砰地打開，陳警司青著一張臉走進，跟在後面的則是葉素芬的立委老公。瞧他頤指氣使的模樣，與葉素芬當真是天造地設的一對。

陳警司清清官腔，艱澀開口。

「殺手月已經鎖定葉素芬當事人為下一個目標，不日便會下手，對於這個案件本刑事局極度重視，並將成立專案保安小組，與專案緝查小組，一方面保護葉素芬當事人，一方面不放棄任何線索追蹤可疑的兇嫌對象。」陳警司凝重地看著在座的幾名警官，眼睛停在彥琪身上。

「彥琪，身為專案保安小組的組長，妳應當加派雙倍的人力，以求徹底維護葉素芬當事人的安全，不得有失。」陳警司瞪著彥琪，汗珠滾到鼻心。

專案保安小組的組長？彥琪腦中一片空白。這是什麼時候發生的事？

「可是，長官……」彥琪吞吞吐吐。

「什麼可是！不是盡力，是一定要做到！」陳警司狂吼他的經典台詞。

「我只是想說，那個……那個叫月的殺手，從來就沒有失手過耶？」彥琪脫口而出，手指還比著槍形。隨即驚覺不對住嘴。

全場一片尷尬，瞬間膨脹的無聲。

葉素芬臉部肌肉的線條難以忍受地抽動、抽動、抽動。她的立委老公，藏在肥肉裡的喉結正醞釀一股咆哮而出的巨大能量。

此時葉素芬竟先大哭了起來。

「趙彥琪！」陳警司怒吼。

13

彥琪終究還是接下了這個吃力不討好的任務。

「真不喜歡。」

彥琪坐在辦公室收拾東西，將幾個正在進行中的卷宗歸類，方便同事取用，畢竟這一離開，不知得耗多久時間才有辦法「託月的福」回來。

吃力不討好並不要緊，重點是，彥琪並不認同她所保護的人有任何值得被保護的價值。一點也沒有。

葉素芬在廣大辛苦投資人身上痛快撈錢的時候，就該想到自己終有一天得為了無數家庭的家破人亡負起責任。何況代價僅僅是一條不受尊重的命。

「雖然我是一定要盡我的責任保護她，但你可別跟我客氣喔。」彥琪看著座位透明桌墊底下，那張從素描筆記本撕下的「月」的想像側寫。

真像。

看了好幾十次還是覺得，真像那天在星巴克遇到的那個男人。

此時，一名同事興奮地衝進刑事局，一進來就大呼：「抓到了！那個土城之狼剛剛被第三分局抓到了！大家快點把檔案找出來通知被害人過來指認！小張！你負責把檔案拷貝一份筆錄檔案給第三分局！」

這一奮吼，局裡的大夥果然一陣歡呼，振臂喝采此起彼落。

土城之狼？那個總是戴著面罩、橫行土城區三年的連續強姦犯？

彥琪腦中突發奇想，坐下，從背包裡拿出素描筆記本，打開。

右手拇指與食指尖輕輕夾著藍色原子筆，若有似無輕觸筆記本的空白頁。筆尖凝滯。

不上，不下，不左，不右。

彥琪細細回憶起，那位土城之狼的種種犯罪資料、被害人聲淚俱下的筆錄、現場遺留的凌亂痕跡、那些燒燙在被害人私處兩旁的犯罪標記。

土城之狼橫行已久，他在這座夜色城市裡留下的殘忍痕跡，早已多到每個警察都無法不熟背的地步。他強姦後冷靜摧殘被害人的戲謔手法，令許多青春女孩無法獨自面對入夜後的城市街道。

彥琪不自覺閉上眼睛，讓意識裡的世界逐漸崩解，剩下繚動在手指上的方寸。

筆尖一陣哆嗦。

然後是虛弱、夾帶胃酸在食道逆流至鼻腔的哽咽味道、無助地散塗開。

唰，嗖，唰唰，嗦嗦，吱——

等到彥琪再度睜開眼睛的時候，她看見一張蒼白、戴著細邊眼鏡的削瘦臉孔，那臉孔並非絕對寫實，倒像是漫畫家井上雄彥在浪人劍客裡的頹廢畫風。

紙上，不帶戾氣的臉孔，在左眼下有個不甚明顯的痣。

為什麼要刻意點綴上這顆痣，彥琪自己也說不上來。

彥琪打開電視，轉到東森新聞頻道。

許多記者全擠在第三分局搶拍這位惡名鼎鼎的土城之狼。面對無數一閃一滅的鎂光燈，土城之狼只是縮著身子，低著頭，迴避緊迫盯人的鏡頭。

一個胖大警察看不過去，猛力抓著土城之狼的頭髮往後一拉，讓他的邪惡臉孔毫無遮掩地暴露在鏡頭前。

彥琪整個愣住。

不知道是過度興奮還是害怕，她手中的原子筆無法停止顫抖。

就連那顆無關緊要的痣，都……

「月，逮到你了。」

彥琪停止呼吸。

14

針對葉素芬的保護計畫，代號「籠鳥」。

基於暗中的崇拜，對月暗殺大人物手法有詳盡了解的彥琪，負責規劃出一套簡單明瞭、極易執行的保護分針。

燈光昏暗的簡報室。

「首先，月不是強攻型的殺手。」彥琪解釋。

雖然月也曾以刀近身刺殺過某電玩大亨，但那次主要還是靠「掌握關鍵的時機」，而非豪邁地殺開一條血路。

這個特性除了表示月在殺手類型學上的象限歸屬，還在於月對自己的身分極度保密，與對社會觀感的重視。

「強攻型的殺手容易暴露身分的蛛絲馬跡，在這個科技社會，只要留下可疑的毛髮就很容易讓人睡不著覺。而月一向自詡是正義的化身，遠距狙擊可以減少高度衝突的情況發生，避免無辜的老百姓受害。」彥琪對著底下的長官與同僚說明。

所以，參與「籠鳥」計畫的幹員安全基本上是無虞的，也不須掛心太多諸如「月會丟手榴彈」、「小心！月要發射火箭砲了！」這樣的問題。

此外，眾所皆知，月的「接單量」極少。

「專心致志對付一個案件，讓原本就善於理性分析的月，更沉著等待最合宜的下手時機。過去月曾花了七個禮拜謀刺一個躲在加勒比海小島上的前立委，期間不知道放棄多少看似可以謀殺的縫隙，厲害。」彥琪。

如此一來，警方的覺悟就很重要了。

這是一場高度耐力的防守戰。

「那麼，月的弱點呢？」陳警司雙手環抱。

「月的弱點，在於月決不放棄。」彥琪笑了。

一個背負鉅額正義託付的殺手，無論如何都得完成謀殺的任務。所以月一定會在「決勝負的場域」附近遊走、窺伺、尋找或製造機會。

在警方可以決定「在哪裡」保護葉素芬的前提下，「決勝負的場域」就是由警方做的莊，而月這個賭客肯定不會放棄下注。所以緝捕月的行動必定可以跟隨保護葉素芬的行動一塊執行，而且範圍不大。

守株待兔，加主動出擊。

月露餡，然後被逮住。

「遠距離殺手的極限，據說是六百公尺。」彥琪深呼吸，看著執行代號「鳥擊」的組長老耿。

「如果是半徑六百公尺的圓，至少需要十五名警力。」老耿隨口說，表情嚴肅。其實他根本不知道十五名警力這個數字是怎麼計算出來的。

這就是專家——只要正經八百，就沒人敢吭聲問話。

「夠了，彥琪，說說妳的計畫。」陳警司略感不耐。

彥琪清清嗓子。

一、「籠鳥」計四名保安人馬換上便衣，與葉素芬全數待在特約飯店，葉素芬未經許可不得踏出房門一步，其身邊至少要有一人隨時在旁警戒。三餐全部由廚房直接送到房間。

二、房間不能是邊角，窗戶封死，通風口須裝置紅外線警報器，旅館的監視器畫面同步傳送到房間電腦裡。

三、一組人馬，計兩人在隔壁房警戒；另一組人馬，計兩人與葉素芬同宿一房。所有成員每天與外界聯繫的電話都被側錄監聽。

四、每隔五到十天，無預警、不定期變換一次特約飯店。防止遭鎖定。

五、二十四小時全天與代號「鳥擊」、追緝月的專案小組互通聲息，準備擒月。

四名幹員裡，彥琪與靜是女警，由她們倆與葉素芬同房保護；大中跟阿鬼兩個男刑事，則住在隔壁房。

即使在個人立場上彥琪是站在月的一方，但執行公務彥琪可是絲毫沒有馬虎，將每個環節都想過好幾遍，還將多間旅館的平面圖與設計圖研究徹底，確保沒有奇怪的地道還是暗門，讓殺機滲透進層層戒備。

因為她相信，自己根本不是月的對手。

……如果自己刻意忽略掉，某個上天賜予的天賦的話。

15

一開始，負責籠鳥計畫的四名幹員都很慶幸能夠入選為計畫執行者，畢竟在五星級飯店保護人渣，報公帳管吃管喝，沒事還可以在房間裡打打電腦單機遊戲，玩紙牌，比起坐辦公室面對死氣沈沈的成疊卷宗跟陳警司的嘴臉，不知道要輕鬆多少，更別提在外頭參加驚險萬分的警匪槍戰了。

日子一天一天過去，月根本毫無動靜。

籠鳥計畫成員的士氣，也悄悄起了變化。

君悅飯店。

「跟好萊塢警匪電影裡面……那個什麼保護祕密證人的劇情，唉，我們實在過得太爽。」大中摸著灌了一堆可樂的肚子。

兩個星期，換了兩間飯店，大家都胖了一兩公斤，眼神都變得有些癡呆。

「雖然不能說這樣的計畫有什麼錯，但，這樣好嗎？」靜嘆氣。

「簡直就是瞎等嘛，說不定，月的計畫就是消磨我們的鬥志。這樣拖下去真的會被他給料中。」阿鬼困頓地說，看著指尖上禁止點燃、默默發愁的菸。

由於綁在葉素芬身上的弊案越滾越大，葉素芬被法院限制出境，隨時待傳候審。這個「籠鳥」保護計畫將伴隨著沒有止盡的上訴、駁回、再上訴、發回更審、駁回、再上訴的漫長法庭戲，看不到隧道極處的出口。

比較不悶的時候，莫過於用餐時兩間房一塊吃東西聊天的時候。當然，此時飯店的監視器畫面依舊會透過網路傳送到葉素芬的主房，並不構成真正的安全漏洞。

「但也沒辦法了，忍耐點囉。現在才第二個禮拜，還有得等呢，總之不可能什麼事都沒發生囉。」彥琪抱歉地說，看著呆呆躺在king size大床上，吃著加州葡萄的葉素芬。

葉素芬一手剝葡萄，一手操作著電視遙控器。臉上的表情也不怎麼痛快。習慣了窮奢極侈的日子，現在日常消費都被限制在飯店裡，足不能出戶，窗戶又不能打開吹吹冷氣之外的自然風，簡直就快悶死了葉素芬。

「別怨我們，這樣的保護可是妳自己要求的。」大中看著葉素芬，起身伸了個懶腰。吃完了中餐，該出去了。

葉素芬瞪了大中一眼。

「如果你們的肚子繼續大出去，小心跑不過殺手的子彈。」葉素芬輕蔑道，語氣中充滿了不屑。

打從一開始，葉素芬就沒給過這些保護警察好臉色看。公僕公僕……她還真的將這些警察當作僕人差遣。

「那倒不必，月的子彈一向只針對目標，決不濫殺無辜。」彥琪直言不諱，卻氣得葉素芬臉色一沈，不再說話。

大中與阿鬼知趣地離開房間，又只剩下靜跟彥琪「陪著」葉素芬。

房間裡只三個人，氣氛僵硬。只剩電視購物頻道裡，利菁沙啞低沈的聲嗓不斷強調分期付款購買限量珠寶首飾，是一種高尚的流行。

比起彥琪充滿正義感、沒腦筋似的有話直說，靜對於葉素芬倒是報以較多的同情。畢竟對靜來說，葉素芬既沒有殺人，月的「狙殺令」就來得太過殘酷。

沒得商量的東西，對天生愛計較的女人來說總是不大對頭。

「別想太多，等到法院正式宣判那天妳就可以離開了。」靜打破沈默。

「離開？去哪？去監獄？就算我宣判自由，那個該死的殺手會放過我嗎？你們這些戴帽子的一天不逮到那個連環殺人犯，我就沒一天真正安全！」葉素芬不滿，憤怒的手指深深插嵌進羽毛枕頭。

「司法若還妳一個清白，相信那個殺手月，也會放過妳一馬的。」靜安慰。

是嗎？

彥琪可不這麼想，若有所思看著被封死的窗戶。

16

君悅飯店外。

「看樣子，這次的難度可不低。」子淵坐在車上，看著筆記型電腦上的畫面。

兩天前，子淵輕易就侵入了飯店的監視器系統，從網路上「分享」了彥琪等人在房間裡所監看的一切畫面。

如果要從錯綜複雜的排氣孔管線、小心翼翼拆卸紅外線監控儀、偷偷潛進君悅而不被發現……或許也有可能，但要成功率百分之百，還是得有殺手「豺狼」的身手才辦得到。

何況，進去容易出來難。

但子淵並不擔心，而且非常輕鬆。

「計畫本身沒有漏洞。但只要是充滿漏洞的人，尤其是「一群」各有漏洞的人去執行的計畫，要搗破並不困難。只要選好角度，跟敲擊的力道。」子淵自言自語，想像著飯店房間裡的警力配置。

這個保護計畫叫「籠鳥」，合情合理的四名警力擔綱演出。另外還有一個叫「鳥擊」的逮捕計畫，現在正分布於飯店周遭六百公尺內，警力配置十五人，光是三輛廂型車就裝了懶散的十二人，偽裝成固定路人的有三人，實不足為懼。

「這年頭，只要是放在網路上的東西都不安全，不侵入警局系統好像對不起自己的專業。話又說回來，保護該死的人，這些警察想必也不好受吧？」子淵打趣，手指輕輕在電腦觸控板上快速移動，調出這些出任務警方的臉孔，確定沒有改變。

從一開始子淵就記清楚所有參與的警方模樣與身高基本資料，方便他在飯店附近活動時避開這些人的注意。

而子淵的注意力常常停在彥琪的檔案照片上，這個女孩他印象深刻。

——星巴克。

「原來妳就是籠鳥計畫的負責人，沒背景的小菜鳥一隻，看來是被長官陷害的倒楣鬼呢。」子淵喝著罐裝咖啡，臉色頗有矛盾的歉意：「那就看妳跟我之間，誰的耐力比較有一套囉？」

對一場沒有明確終點的耐力競賽，什麼都不做，比起做很多很多，要來得重要。

「不存得失心，懂得休息的人，才能贏得最後的彩帶。」子淵爽朗一笑。

電話鈴響，是約好下午在大安公園拍照的校園美女。

一聲口哨，子淵闔上電腦，愉快發動車子。

17

一個月半又過去。

在籠鳥計畫持續執行下，葉素芬換了九間飯店。

期間葉素芬在重重戒護下，到了法院接受傳喚、與相關證人對質。

但傳訊過程相當繁複冗長，加上葉素芬的律師團隊非常刁鑽，似乎有意拖延判決，企圖淡化社會與媒體的關注力。

「司法不公！這是政治迫害！」葉素芬的立委丈夫在鏡頭前痛哭失聲。一貫的，台灣檯面上人物走進法院的宣稱基調。

而社會，對於月的遲遲不出手，開始躁動了起來。

一二〇四房，桌上是兩片沒吃完的比薩，跟半瓶可樂。

幾張A4紙，用原子筆草畫的罪犯者臉孔輪廓圖，被凌亂壓在可樂底下，水珠在紙上暈溼開。

這陣子彥琪打發時間的樂趣，就是依據受害者自白，並參考警方提供的諸多側寫資料，畫出過往數個蒙面犯罪者的臉孔；完成後，再比對落網的犯罪者照片，不斷驗證彥琪自己「遠端窺伺犯罪者的超能力」是否真正存在。

答案令彥琪興奮得毛骨悚然。

晚上八點十七分。

「真的是越來越難熬了。」彥琪在桌子前翻著寵物雜誌，眼神疲憊。

明明就睡足了八個小時，身體還是發出倦怠的警訊。

而靜，由於監聽的緣故，已經因為太久沒有跟男友好好講通正常的電話，感情世界正面臨崩毀中。

「我說彥琪啊……」靜呆呆地看著手機。

彥琪抬頭。

「也許我們應該考慮向陳警司建議，用幾組人馬輪調。不然這樣下去，不需要月來下手，我們就先垮了呢。」靜說，眼神呆滯到一個境界。

彥琪很難否認這點，她甚至完全同意。

但刑事局的人力已經很緊繃，不可能在籠鳥與鳥擊計畫之外再抽調人員進來替換，一來，畢竟資格符合能夠執行這兩個祕密計畫的人有限，二來，也不適合有太多人知曉這項計畫。如果在家裡直嚷著要抓老鼠，方法可就不靈光。

而葉素芬的嘴臉，自然也不會好看到哪裡。「足不出房」對頤指氣使的葉素芬來說，是種靜謐的凌遲。她花在睡覺跟看電視的時間越來越多。

「你們這樣簡直把我當犯人！」葉素芬語氣怨懟。

「妳是啊。」彥琪隨口回應。

「法律還沒定我罪之前，我都是清白的好公民……」葉素芬冷笑：「小心我告到你們捧不住手裡的飯碗。」

「我真心覺得妳最好開始習慣，何況牢房裡可是沒有冷氣的，吃的跟這裡比起來，只怕妳會變得太苗條。」彥琪說完，葉素芬臉色不變。

及時的敲門聲，是阿鬼。

彥琪小心翼翼開門，阿鬼的臉色有些扭捏。

「彥琪，大中又在鬧肚子疼了，我看他一定得休息幾天，割個盲腸還是哪裡都好。」阿鬼搔搔頭，說：「報告我會寫明白的，這點妳放心。總之……」

「我也很想出去透透氣啊，但如果大中真的只是肚子疼，逛逛醫院就回來，那也沒什麼不好。但，大中分明就想逃走吧？」彥琪瞪著阿鬼。

明明一開始接計畫時都一副樂在其中的模樣，現在每個人都在比困頓。

阿鬼不置可否。

王八蛋，他心想。要不是他猜拳猜輸了大中，要去醫院割盲腸的人可是自己。

彥琪回頭，想詢問靜的意見，卻見靜呆呆地趴在桌上，了無生氣。

彥琪躊躇了一下，小嘆氣。

籠鳥計畫，籠的到底是哪一隻鳥？

這場耐力賽，還是不疾不徐的月先贏了一著。

「那麼便這樣吧，既然局裡的人手不夠又不能讓太多人知道，至少我們可以跟旅館外圍的鳥擊計畫的夥伴們輪調，我們輪著去外頭晃，他們也可以到飯店休息。」彥琪說。

就這麼定案。

18

第二個月，葉素芬在重重戒護下，一從地檢署的側門走出來，就被穿著防彈背心的警察押上車迅速離去。

她那陣仗龐大的律師團好整以暇從正門走出，接受一窩蜂媒體的訪問，並藉機在鏡頭前嚴厲譴責殺手月的做法。

但好奇心濃烈的媒體更關心的，其實是「月到底什麼時候會下手」？

就在同時，陳警司批准了彥琪的申請。鳥擊計畫的人也十分樂意採取一次四人的輪調，讓幾個弟兄進駐飯店，一邊保護葉素芬一邊休息。

反向加入了鳥擊計畫，負責在飯店外圍隨意走動，彥琪心中有著異常的期待。

這是第十三間飯店了，位於和平東路三段附近，距捷運六張犁站只有三分鐘的腳程。月會在附近嗎？

飯店隔街的7-11便利商店外，彥琪坐在跟朋友借來的車上吹冷氣，聽廣播。

學著適當的休息，也是很重要的。

「靜，換到了外面就不能像在裡面那樣鬆懈，知道麼？」彥琪的手指輕輕按著耳朵裡，迷你發報的通訊器。

「知道了。」遠在兩條街外的靜。

聽著廣播裡慵懶的藍調音樂，慢慢的，彥琪不自覺想闔上眼睛，勉強提振精神後，彥琪趕緊將周杰倫最新的專輯放進音響裡，把音量轉大。

突然，一個熟悉又陌生的人影走進車旁的便利商店。

「……」彥琪一愣，隨即將音響關掉，拔出車鑰。

是他？

彥琪下車，假裝若無其事地走進便利商店，一邊腳步輕快走向飲料櫃，一邊將耳朵裡的通訊器關掉……為什麼關掉與其他鳥擊計畫人員相互連絡的通訊器，彥琪自己也不明白。下意識，或是根本就一無所感似的。

站在飲料櫃前，不知道該選什麼喝，彥琪的心神根本不在琳琅滿目的飲料上。

那個男人穿著淺灰色的長袖襯衫，袖口恰當地上捲，左手比右手略粗，黑色牛仔褲下是雙藍色的puma球鞋，脖子上掛著一台黑色的單眼數位相機。打扮像個在輕鬆中帶著些許拘謹的soho族。

男人隨意拿了罐果菜汁、波羅麵包、跟一份蘋果日報。付了帳，就到雜誌區旁的簡易座位上看起報紙。

「……」彥琪沒有多餘的考慮，拿了一盒果汁牛奶到櫃台。眼睛，還是很不專業地瞟向那看報的男人。

乾乾淨淨，眉毛細長，頭髮略長，下巴稍尖……是那天在星巴克遇到的男人，也是自己隨意憑想像畫下的「那個人」。不會有錯。

「溫熱。」彥琪將零錢放在桌上。

「燙一點還是溫一點？」女店員。

「燙一點，謝謝。」彥琪付錢，心跳加速。

將相機放在不怎麼寬的的長桌上，男人一邊吃著東西，一邊休閒看報。慢條斯理的，並沒有聽見快速翻頁的聲音。

嗶嗶，嗶嗶。

微波爐打開，女店員將溫熱的果汁牛奶小心翼翼套上瓦楞紙環，交給彥琪。

「我也喜歡溫過的牛奶。」女店員說，微笑看著彥琪。

好眼熟……彥琪努力回憶，看著女店員可愛的臉孔。

啊！是那個在捷運上遇到的女孩。

女店員順著剛剛彥琪飄移的眼光，看了坐在雜誌區旁座位的看報男子，手指輕輕放在唇邊，用蚊子般的細聲道：「他、是、個、殺、手。」

彥琪微愣，卻只是接過溫燙的牛奶盒，眼皮眨眨會意。

接下來，該怎麼做呢？

彥琪微一思忖，還找不到像樣的開場白，雙腳就自動走向座位區，坐下。

「又見面了。」彥琪語氣很平靜，輕撕開牛奶盒。

盒口冒出濃郁的熱氣，彥琪輕吹，不忙就口。

男人放下報紙，「咦」的一聲，臉上的驚訝表情一閃而過。

「我們在哪裡見過是吧？好眼熟。」男人說，看著身邊的中等美女。

其實，這位擁有兩個名字，「月」與「子淵」的男人，早就在彥琪進入便利商店的第一秒開始，就注意到她的存在。至於她是誰——子淵怎麼可能忘記每一個參與籠鳥計畫的成員的長相？

身為一個殺手，隨時隨地注意周遭十公尺內的細微變化不僅是職業上的需要，更是察覺危險的「本能」。即使月的本能遠不如G或豺狼，但發現一個直盯著自己不放的女孩，絕不是什麼難事。

偶而在公務之餘放鬆，不是什麼大不了的事。月看著彥琪。

「在星巴克。大概是兩、三個月前吧。」彥琪說，看著座位前的落地玻璃。

玻璃上的倒映，子淵的臉孔沒有露出些許不自然的神情，只是微笑。

「好像有這個印象……妳好像當時在看雜誌？」子淵說，假裝陷入回憶。

「是啊，還記得我們說過幾句話。」

「哈，我完全想起了，當時我扮演的是一個無聊搭訕的中年男子呢！」

很冷靜嘛，彥琪暗讚。

現實上，不可能憑著一張「想像」的素描逮捕這個男人；心理上，彥琪又根本是月的「正義」追隨者。更何況，這個男人是否真的就是「月」？彥琪除了自我驗證的、莫名其妙的超能力，並沒有多餘的理性理由說服自己。

所以，就抱著沒有特殊目的的心情，去試探、甚至作弄一下這個男人吧！

「你是攝影師嗎？」彥琪指了指放在子淵左手邊的單眼相機。

「不算，就是幫一些網路美女外拍。還蠻好玩的。」子淵笑。

喔？是這樣嗎？相機裡恐怕都是一些探勘飯店周遭的街景吧！

彥琪露出興奮的眼神，忙說：「咦，外拍？好好玩，可以借我看一下麼？」

明明就是個問句，彥琪的手卻直截了當地朝單眼相機伸出。

快點找個什麼理由阻止我吧……月！

「好啊，小心別刪掉了喔，要不我可就很難向那些網路美女交代了。」子淵也不阻止，反而順手將單眼相機的電源打開，交給佯作興奮的彥琪。

無話可說的彥琪迅速瀏覽一遍相機裡的照片，果然盡是女孩們搔首弄姿的外拍，有些取景在陽明山，有些取景在大安公園，有些取景於大廈頂樓。

就是沒有看見搜獵飯店附近的圖片。

「還可以吧？」子淵打量的彥琪，注意到她的耳朵裡還塞著通訊用的耳機。

「照得真好看，不愧是專業的。」彥琪嘴上嘖嘖，耳根漸漸變熱了。

其實這台相機在幾分鐘前，拍的的確都是飯店附近的動線，只是在拍好想要確認的幾個畫面後，子淵便將記憶卡抽出，藏在手錶密藏的掀蓋裡。現在存放在相機裡的照片，全是兩天前的舊檔。

真好玩。

這次的目標是葉素芬，不是眼前這位女警，所以……在任務之餘跟中等美女談天聊地，也不算是違反了殺手的職業道德吧。

子淵指著自己的耳朵，問：「這是什麼啊？好像常在電影裡看到。」

「是迷你通訊器，警用的喔。」彥琪捧著相機，假裝對單眼相機的功能感到好奇，對著玻璃前的大街作勢要拍。

子淵這時倒暗暗吃了一驚。這個閒晃在飯店外的女警偷懶打混就算了，竟然毫不掩飾自己的身分，難道是天兵？

「警用的通訊器？男朋友是警察啊？」子淵抖張手上的報紙，裝作隨口一問。

「我自己就是個警察，刑警，有佩槍的那種喔！」彥琪神秘兮兮地壓低聲音，說：「不過因為在執行特殊任務，所以不能把槍帶在身邊以免暴露身分，要不就讓你摸一下。」

子淵終於無法克制地笑了出來。

「笑什麼？」彥琪裝作不解。

「我只是覺得，哪有警察隨隨便便就露槍給別人看的？妳都是這樣跟陌生人相處的麼？」子淵還是在笑，肚子都痛了。

「陌生人？我們已經是第二次說話了，應該要開始熟了。」彥琪說。一想到自己有百分之九十九的機率是在跟全民偶像說話，就忍不住興奮。

這一興奮，平時心直口快的彥琪，竟開始不分「內心話」跟「場面話」了。

「是什麼特殊任務啊？那麼神祕不能帶槍？」子淵心裡暗笑，哪來的天兵刑警啊，未免也太好對付。

要利用她，將這次特難殺的目標葉素芬給解決麼？

同樣的問題，也在彥琪的心中迂迴打轉。

沒錯，彥琪舉雙手贊成月努力擁抱正義的理想，但，如果月為了這個終極的目標可以不擇手段的話，彥琪將難掩心中的失望。

那樣的姿態……即使是為了正義……

「這個問題的答案，我們還不夠熟所以不能回答你。至少要第三次碰面才夠熟，如果有這個機會一定告訴你。」彥琪說。

「是嗎？那麼就這麼約定囉？」子淵伸出手指，晃晃小指。

兩人勾勾手。

19

子淵帶著奇異的心情離開便利商店，刻意在飯店附近繞遠路，這才漫步走到捷運車站。

雖然靠著街道圖就可以知道飯店周遭的環境，但要漂亮地完竟一件任務，反覆用理性推敲「進攻／逃走」的路線，還不如實地走上幾次，呼吸目標附近的空氣，感受實際下手時可能的種種氛圍。

每個時段都有不同的風，不同的行人，不同的街道節奏。

這是專業殺手的謙虛，不管之前的績效多麼輝煌都割捨不下的自我要求。

「剛剛那個女警，怎麼那麼喜歡裝熟啊？」子淵自言自語，進入站台。

善用心理作戰的子淵，對解讀人的語言表情頗有一套。

那女警的眼神，似乎透露著兩種情緒。

一種是天真的興奮，清晰可辨。

一種則是「我知道你是誰的默契」的語言表情。這真是匪夷所思，毫無來由。

「只是個天兵吧。」子淵心想，坐在捷運裡。

……自己連她的名字都還沒問，下次見面時可別將彥琪兩字脫口說出。

子淵看著窗外的大廈。

有了捷運後，在這個巨大的城市移動根本就不需要探出地面，每個人都自願變成土撥鼠。

剛剛來到台北的第一年，子淵常常覺得這個城市就像一座巨大怪獸的內臟機關，機關裡像個密閉的偽迷宮，偽迷宮裡二十四小時吹送人工製造的冷氣，始作俑者的人們尋著牆上的迷宮索引，各自在怪獸的臟器間流動。

捷運裡上上下下的手扶梯有若怪獸的舌，不斷將人們捲起，吐出，送進腔腸般的隧道裡，繼續短暫又規制的旅行。久了，很容易對陽光感到刺目，覺得沒有人工冷氣的蒸熱地面，有種難熬的疏離。

二十一世紀的花樣越多，人與人……不，或許該說是人與自己異化的方式也就更五花八門。

在這樣的世界底下，通常人活得越有自己的意識，就會活得越痛苦。因為自我的意識不等同於自主的意識。人很難自主。

大部分人的人生，就像乖乖擠在一點也不高速的高速公路上，恍惚卻又焦躁地瞪著前面的車屁股一寸寸推進，前面的車子一推進分毫，自己就忍不住輕踩油門跟進，一秒後又得煞車。

幸運一點的人，就可以坐上緊扣鐵軌的火車，優點是人生什麼時候該進行到哪裡，車票上都印得清清楚楚，我們所要做的不過是睡覺，或是呆呆地看著窗外的風景，記得到站下車就行了；至於缺點，竟就是優點本身。

只有非常非常少數的人，可以造起自己的翅膀，用飛行的姿態睥睨地平線上眾生的匍匐姿態；即使墜落，也能引起地上眾生的讚嘆與惋惜。

想擁有翅膀，卻始終只能喘息奔跑的人，一抬頭，看見翅膀流星劃過三千尺高空，只是徒然增加自己雙腳的痛苦。

殺手也是人。只是殺手這種「人」專司減少人口的密度。

藉著殺死其他的同類存在，確認自己存在的意義，有著說不出的諷刺。許多殺手因此活得並不快樂，也因此有了職業道德第三條的存在。

「月，你跟我們這些殺手不一樣。你有翅膀，你可以從黑暗的世界飛出，然後不加矯飾地用黑暗的羽毛，去接受光明的掌聲……他媽的大家都很羨慕！」歐陽盆栽曾經這麼說過。

「是。我是很快樂。」子淵愉快回應。

的確如此。

子淵喜歡搭乘捷運木柵線或淡水線，沒有目的，沒有終程，坐到了盡頭再坐回來，有時迂迴反覆了好幾次。不管是捧著本書，或是打開筆記型電腦整理檔案，或只是呆呆地看著窗外直到完全失去焦距，都很好。

比起藍色線裡的土撥鼠，這樣「移動」較像個活生生的人。

木柵線跟淡水線，陽光可以從偌大的玻璃直透進來，而非人造的森冷光線映在乘客的臉上。對子淵來說，只要出太陽，一天的心情就好，來自遙遠熾熱恆星的濃烈光線在周遭物體間製造出的晃動對比，是什麼也無可取代的自然。

比起這裡，伊斯坦堡的陽光應該有另一種色澤吧。

子淵開始想念他亦師亦友的殺手，吉思美。

自己心中的正義會變成今日的模樣，與吉思美心中正義的姿態，有著密不可分的關係。吉思美口口聲聲說是自己影響了她，卻不知道她在維護可憐孩子的未來時，那辛苦、卻動人的身影，打開了自己的生命。

如果沒有吉思美，今天的自己或許還是個殺手，但卻可能是個陰暗、無情、冰冷如岩的殺人機器吧。肯定不會快樂。

「……」子淵的頭靠著玻璃窗，望著遠處的101大廈。

已經好久都沒有吉思美的消息了。看來，流浪真的很容易上癮。

子淵的對面，坐著一個戴著老花眼鏡的老先生。老先生專注地看著半版的社會新聞，上面有一半是關於葉素芬公司掏空案的審理進展，另一半全是關注月這次行動的讀者投書。

讀者投書裡，有的公開相挺月的正義，有的擔心月這次會失風被捕，有的則質疑月這次遲遲沒有動靜，到底會不會辜負社會的期待。

老先生推了推眼鏡，細緩溫吞地咀嚼報紙上關於月的每一個字。老人身體前彎、努力想要進入「正義的領域」的模樣，從身後的窗透出了耀眼的光。

「慢慢來，比較快。」子淵微笑。

20

又換了一間飯店。

月仍舊沒有動作。

但自願留在鳥擊計畫，在新飯店附近辛苦來回搜晃的彥琪，心中的期待越來越飽滿。在一種「這樣最好」的情緒裡沾沾自喜似的。

因為這一天，彥琪居然在葉素芬下榻的飯店，一樓大廳裡的咖啡廳，看見了整個禮拜都沒碰著面的「那男人」。

連續兩次，那男人都出現在葉素芬棲身之處附近。

不會錯，自己的超能力一定是真的！

「但，未免也太大膽了吧？」彥琪心想：「真不愧是我的偶像。」

子淵正在角落沙發上喝咖啡，小圓桌上放著一台筆記型電腦，跟上次那台單眼數位相機。子淵微皺眉，手指游移在觸控板上，時而頓挫，時而飛快盤動，似乎頗專注地在操作些什麼……該不至於跟暗殺葉素芬有關吧？這裡可是一舉一動都會被注視的地方啊，彥琪心想，歪著脖子。

彥琪這次倒是大大方方地走過去，走到她認為子淵也該有足夠的時間將電腦上可疑程式結束的距離。她揮起手，打了招呼。

「嗨！」彥琪很有朝氣，將迷你通訊器給關掉。

「嗨！」子淵裝作愣了一下，但也精神奕奕。

「好久不見，你在做什麼啊？」彥琪坐下，省下了「真巧」、「你怎麼會在這裡」等累贅字眼。很快點了杯卡布奇諾，跟一塊蛋糕。

「在工作啊。除了幫美女外拍，我的正職是管理PChome的網路銷貨。如果妳對什麼東西有興趣，我可以讓妳用員工價哩。」子淵說，神色自若。

好個正職。

「對了，你記不記得我們約好第三次見面……」彥琪開口，卻被子淵的手勢打斷。

「當然記得，但那件事就別提了，我覺得不小心聽到什麼祕密任務的好像不是好事。我想對妳也不好吧，哪有這麼天兵的警察把祕密任務掛在嘴邊的！」子淵笑笑說。這次他特別注意彥琪的語言表情。

「什麼！你不想聽！」彥琪驚呼。但其實根本沒有那樣的情緒。

「是啊。」子淵微笑。

自己終會得手，就別讓這個天兵女警有將責任往自己身上攬的機會。

「你把我當作食言而肥的人嗎！」彥琪大呼，氣急敗壞的樣子。

「那倒不是。那是……妳身為警察的職業道德啊。」子淵正經地說。

「我偏要說！我偏不要中你的計變成食言而肥的小豬！我偷偷告訴你……」彥琪擠眉弄眼，隨即壓低聲音，神祕的不得了。

小豬？

不等子淵掙扎，彥琪就出口：「你知道這間飯店住著誰嗎？」身子往前挪近。

「誰？」子淵無可奈何，只好苦笑。

「葉素芬！」

「葉素芬？那個被殺手月鎖定的那個葉素芬？」

「其實也沒什麼了不起。她根本就只是一頭愛抱怨的臭女人，保護計畫剛開始時我全天都跟她在一起，整個就是悶，還要聽她臭罵我們警察辦事不力，才會讓殺手月逍遙法外。說真的，如果月早點給她一槍，倒是讓我們警方鬆了一口氣呢。」

「……鬆了一口氣？」

「至多就是捱一陣罵，反正有八成社會輿論都站在殺手月那邊，加上殺手月每次都得手，這次再多得逞一次也不能證明警方無能啊。」

「不過我看月肯定放棄了，要不怎麼會一直都沒有消息？」

「不。」

「不？」

「月不是這樣的人。」彥琪篤定地說。

子淵靜靜地看著彥琪。

現在這個情況，真的是非常奇怪。

子淵外表和煦的眼神，實則銳利地穿透彥琪虛無的語言防衛，但子淵卻看見他無法辨識的靈魂。

彥琪是真誠的。外顯的語言防衛不過是將真誠掩飾住的煙幕。

難道，自己的身分被發現了？但是完全沒道理啊……

「那麼，月是一個什麼樣的人？」子淵杵著下巴，好奇。

「我想想……嗯嗯，月呢，是一個很有理想的人，雖然並沒有報存以一己之力改變世界的想法，但還是天真地去做，去實踐，好像……好像不是在維護正義，更多的時候更像是在確認自己仍相信「善」的本質。每殺一個壞蛋，月就更接近一步自己。」彥琪切著小蛋糕，把奶油較肥厚的幾塊，放到子淵的小盤子裡。

「聽起來不像是即時作答耶？」子淵失笑，拿起一塊蛋糕。

「簡單說，就是一個身上有光的人。同時也是個寂寞的人。」彥琪幽幽說道。

「寂寞？月可是擁有廣大支持者的殺手哩，光是奇摩家族就有三百多個月的支持團體，我最近也加入了其中一個。」子淵笑，但這個笑有點勉強。

「如果只有自己的身上有光，別人沒有，那不叫寂寞叫什麼？」

「但有八卦雜誌猜測，所謂的殺手月並不是一個人，而是一個組織，或者該說是恐怖組織，成員大約有五到七人不等，就像mission impossible虎膽妙算一樣是個團隊，也因此……」子淵轉移話題。

「真正的理想，是沒辦法與別人共同分擔的。」彥琪說得斬釘截鐵。

子淵稍微愣了一下，畢竟這句話根本沒什麼道理可言。但稍微自我詰問：「為什麼我總是單獨行動？」，子淵也說不出所以然。

對絕大多數的殺手來說，獨行俠根本是無須多言的選項。當一個職業需要太多祕密與道德默契去支撐時，就註定了這個職業終究見不得光。不管以何為名。

「對了，有一點很有趣。妳既然確信那個殺手一定會得手，那麼身為一個警務人員的妳該怎麼自處啊？整個放棄？還是到處閒晃找人聊天，就跟現在一樣？」子淵笑笑，丟出一連串的問題。

彥琪不置可否，吐吐舌頭。

「就隨遇而安囉，反正葉素芬的律師很能搞，審判不曉得要拖到什麼時候才會定讞。如果不曉得休息就實在是太傻了，殺手月，說不定此時正在某個地方，像你這樣悠閒地嗑下午茶也說不定呢！」彥琪頗有深意地看著子淵，竭力壓抑「確認身分」的慾望。

完全正確。子淵嘴角輕輕上揚。

「其實啊，我不喜歡看一些教人勵志向上的書，不過呢，我曾接過一封網路的轉寄信，信裡提到卡內基曾說過，人們會擔心的事，有百分之九十九都不會發生，如果不幸的，那百分之一的機率發生了……」彥琪手中的叉子隨意玩弄著盤上的小蛋糕。

「那麼，會發生的不幸的事裡，十件中有九件是人們根本無法解決的。既然擔心的事幾乎不會發生，會發生的又無能為力，不如就來個束手無策，大大方方把日子過下去。」子淵接口，笑道：「我也看過那封轉寄信。」

「是了！差不多就是這樣了。」彥琪吃著蛋糕。

子淵的背輕輕往後靠，陷進微軟的沙發裡。

原本今天到飯店是刻意的探勘，嗅嗅可能的氣氛，或許近日下手，或許等到下一間飯店再說。但竟讓自己有了前所未有的複雜情緒。

「但是，月還是沒有出手。我是說，殺死葉素芬這件事。」子淵蓋上電腦。

「那又怎樣？」

「或許月深夜從酒吧買醉出來後，被搶劫的古惑仔捅了一刀住院；或是月結婚生子不想重操舊業；或是月根本就因為你們保護得太好而放棄；或是，月竟然得了絕症死掉了。根本沒人知道。」子淵的下巴呈三十度微揚。

「當所有人都這麼想的時候……」

彥琪眼睛發亮：「就到了月出手的最佳時機！」

21

在台灣東部，靠近山區的城郊地帶，有一座並未出現在任何卷宗資料上的祕密監獄，怪模怪樣地聳立著，當地人經過時都忍不住幹罵幾句。

該怎麼形容這棟建築物呢？

從西側看，它像是設計過時的員工宿舍。

從東側瞧，用失敗的維多利亞風格來形容它的淒慘模樣恐怕還太客氣。

南側幾乎完全用鋼板與水泥聯手封死，變成完全沒有自我意識的平面。

而北邊則是結合了燈塔造型的進出大門。大門共有三層，每層間距兩公尺，越外側門反而越大，顯然「防止出去」的意義比「防止侵入」的效果還要來得大。

一句話，莫名其妙。

每一個地方都有其存在的理由，但這座四不像祕密監獄之所以出現在這個世界，竟是政府濫用公帑的閒置結果，純粹為蓋而蓋。

七年前，為了一場縣市長的選舉宣傳，地方政府胡亂將一大筆錢投注在興建這棟可笑的巨大建築物上，為的就是讓當地人充分感覺到政府有意帶動地方建設的「決心」。當然了，政府官員順便在工程款上東挪西移，一一分贓進地方樁腳的口袋裡。理由渾沌不清，公文紙上名目倒是冠冕堂皇：促進地方建設。

但建築物蓋了七成後，另一個地方首長上任，發現這棟不知道為何而蓋的建築物竟吃掉了大筆市府預算，新首長大驚之餘，憤怒地要求議會認真提出此棟建築實際的使用項目，與日後的維護費要從哪裡來。正好此時一場不算太大的地震竟讓它裂出一條大刺刺的裂縫，揭露了工程偷工減料的弊案，荒謬的興建計畫也因此暫時終止。

可笑的部份暫時告一段落，由中央政府暗自接手。

國安局在知道了有這麼一棟巨大的、未完工的建築物閒置在人煙稀少的城郊，立刻就透過中央政府的資金進駐其中，拉起通電的鐵絲網，重新佈置建築物內部，將它改造成各種祕密特務計畫的執行據點之一。

其中最主要的功能，就是監禁特殊的、無法以一般司法程序處置的人物。

有些人就好比不可理解的深海怪物，並不能以正常的方式囚禁。

例如……

「這種傢伙可以勝任嗎？」

「如果繼續放任像那樣的人做那樣的事，遲早會動到上頭那些人的帽子。這頭野獸，這時就用得著。」

「也是，正好拿他來實驗新的H9藥劑。關在這裡，既沒有證據起訴他，不偷偷槍決掉，遲早會讓他找到逃出這裡的門道，到時候咱們要倒的楣更大。」

可不是？這頭野獸殺死的人，全都不留任何證據。證據全都被「牠」給吃進肚子裡，一點渣也不留。

「其實要冒這種險，上頭的壓力很大。如果不是上次那個突發奇想的九人小組，要抓到這樣的傢伙根本就是不可能的事。放他出去，最好是鬥個兩敗俱傷。這也是我們養著他的唯一理由。」

「理解。」

說話的兩名國安局官員，在荷槍實彈的特勤小組亦步亦趨的保護下，走著走著，來到一扇沒有鑰匙的厚重鐵門前。

鐵門後，是一道窗戶完全被水泥封死的長廊。長廊的盡頭是一片黑。

沒有尖叫，沒有掙扎的咆哮，也沒有抓著鐵籠搖晃的金屬碰撞聲。

只有一股足以壓制所有聲音的，霸道濃烈的沈默。

22

中山北路二段，柯達大飯店。

葉素芬躲躲藏藏的，也過了好些日子。但葉素芬先前瀕臨的幽閉性瘋狂，卻漸漸地自我消解，她的抱怨少了，摔的盤子少了，威脅的次數少了，讓周遭又因籠鳥計畫開始疲困的刑警們感到些微訝異。

答案是，又接近下一次的開庭了。

「或許是最近跟律師一起想出了什麼邪惡的門路吧？我說，司法治不了這種玩法律的吸血鬼。」住在葉素芬隔壁房，躺在床上翻雜誌的警察抱怨道。

「廢話，就算真的判她有罪，我猜她大概已經脫產脫得乾乾淨淨了吧，那些投資人別想從她身上多要幾塊錢……報紙上不是說了嗎？就算她進監獄，一天折掉的掏空金額可是八十幾萬！」另一個警察看著封死的窗戶打盹。

「看到那群律師的嘴臉就有氣。只要有錢，叫他們告一隻狗雜交都行！」翻著雜誌的警察嘖嘖自嘲：「然後最窩囊的就是我們警察，專門負責保護大家都討厭的人。」

跟律師團接觸的時候，是葉素芬最有生氣的黃金時刻。

由於葉素芬並非遭到檢察官羈押，而是技巧性主動申請「強制性保護」，所以當律師團要跟葉素芬開會的時候，葉素芬得擁有法律之前人人平等的完全自由，誰也不能剝奪。這些一肚子鳥氣的刑警必須清出一間空房，關掉監視器與錄音，讓葉素芬與她的律師團好好商談出庭的辯護策略。

有時律師團會帶著厚重的卷宗與公司文件與葉素芬套招，在裡頭直接打電話叫鼎泰豐送來食物，邊吃邊聊，一口氣就耗掉三個多小時，誰也不敢多吭一聲。

隔壁房的律師會議已經接近尾聲。其中一名律師代表藉著要傳葉素芬立委丈夫的私人口信，與葉素芬在角落裡壓低聲音交談。

「老闆，已經找到人做事了。」律師代表拿出電話，按下撥話鍵。

「安全嗎？」葉素芬精神一振。她這陣子最期待的，就是這個消息。

「對老闆旁邊的人可不見得。」律師代表奸笑，將手機遞給葉素芬，還有一張紙條。紙條上寫著自己的銀行帳號。

「坐船？」葉素芬接過手機，對著話筒的另一端說出自己的瑞士銀行帳號與密碼，按下確認鍵。

「叫了兩艘，免得臨時出狀況。」律師瞥眼看著他那些還在沙發上研究庭訊答辯資料的蠢夥伴們。

準備個什麼？司法遊戲已經不在整個計畫之中了。

「有什麼暗號？」葉素芬輸入轉帳金額，再按了一次確認。

款項是約定好的三成，事成之後再付清餘額。

金額龐大，但划得來。這輩子沒有一筆開支比這次的交易還要重要。反正也不是自己的錢，羊毛都出在那些被灌水行情迷得團團轉的白癡投資客身上。

「沒有暗號，這樣逼真些，沒意外的話警察全部都會拍下來，最後在電視上讓所有人看到。最順利的話不只可以離開，還可以亂了月的手腳跟風評。沒有社會的支持，這種不像樣的傢伙很快就會消失了。」

「如果出了錯，你該知道我老公的手段。」葉素芬冷峻的眼神，將手機還給律師。

「放心，就連警察那裡我也打點好了兩個，到時候拖個一兩分鐘，他們就什麼人也追不上了。」律師代表將手機收在懷中，頗有得色。

葉素芬看著封死的窗戶，眼睛裡高漲著複雜的恨意。

那些被她搾乾的投資人對她發出憤怒的嘶吼，本在她的意料之中，但就在社會大眾的「囚款」湧進了月的獵頭網站後，她竟然成了一個「如果被強迫消失，社會全體成員都會共同默許」的可悲可恨的人。彷彿整個社會都蓋印了死亡的證書，外加三天三夜的頭條歡呼似的。

如果整個氛圍是這樣，走玩弄司法的路線就太蠢了。抵擋不住暴戾的民氣，法院會變得很不友善，再多的律師費都只能減輕刑期，卻改變不了自己即將坐牢的事實。

走到了這個地步，用潛逃出境這樣的方式，狠狠嘲笑台灣這塊荒謬的、容許謀殺犯罪的土地，就成了葉素芬心中宣洩憤怒的出口。

張大嘴巴吧，你們這些活該被騙的蠢人！

剩下的，只是時間。

23

還未入秋，天氣即轉涼。

八月底了，距離葉素芬出庭應訊的時間，只剩下三天的時間。如果放棄這一次的暗殺機會，子淵就得認真考慮用短身刺殺的技術，那樣將大大提高失風的危險。這並非子淵所樂見。

說起來還蠻好笑的，只是看著隔天報紙見識自己殺人技術的老百姓們，個個都將自己看作無所不能的神。為什麼？不是因為尋常老百姓不了解暗殺的技術之困難處（老百姓從電影裡學到的東西可不少，而是自己擁有技術之外的東西：「道德的桂冠」。

在這座道德桂冠的底下，「月」這個字被神祕化，偶像化，形象與真人的距離一整個拉遠，社會集體就這麼造就出一個「絕不會失手」的全民殺手。

絕不會失手嗎？對身兼月職的子淵來說，「絕不會失手」等同於「絕不能失手」。這是多麼巨大的壓力。

岩層負擔過多的壓力，不是從內在開始崩毀成沙，就是被擠壓成閃閃發光的鑽石。誰都想選擇後者，但真正能做到的，只有必然成為鑽石的鑽石本身。

這個鑽石，正坐在車子裡，喝著已經不冰了的橘子汽水。

這兩天以路人的姿態勘驗了附近四條街的狀況後，不宜再過度接近飯店，以免引起周遭執行鳥擊計畫的便衣警察的懷疑。

「真是遇著了狀況。」子淵閉目養神。

塞著的耳機裡，持續轉接著鳥擊計畫與籠鳥計畫專用的警方頻道。截聽警用頻道，除了要擁有警方的資訊，還要徹底了解此次行動的每個術語。用得著。

一邊聽著警用頻道，子淵想像著徹底易容過後的他，該如何混進飯店，然後快速槍殺葉素芬後安全又迅速地離去。沿途至少需要再變裝一次，並精準地控制飯店監視器的畫面，讓警方掌握到錯誤的資訊，做出錯誤的行動。

不，還不夠。

還得製造更大的慌亂。

一種表面在警方控制之中，卻又隨時會脫軌演出的大慌亂。

或者，應該在這個時候嘗試從蘇聯駭客網友那裡買到的新技術？

子淵忍不住皺起興奮的眉頭。

所謂的巧合，在許多人的眼中就是上帝之手；在專家的眼裡，巧合卻是一連串精密控制的鑲嵌組合。過程中掌握的資訊越多，組合的方式就可以更複雜，複雜到旁觀者僅僅能用「巧合」去敘述這場漂亮的終局。

無懈可擊，是每個殺手追求的終極目標。

但加上「驚險卻愉快的勝利」，才是「月」的殺手之道。

扣扣！

扣扣！

子淵摘下耳機，猛地睜開眼睛，往旁一看。

輕敲著他身旁車窗的，居然是陰魂不散的天兵女警彥琪。

「天，我的隔熱紙顏色這麼深，妳還可以認得出我？」子淵拉下車窗。

「我負責巡邏這條街，可不是在瞎逛啊！」彥琪探下頭，笑嘻嘻。

「辛苦辛苦，妳在工作，我在車子裡吹冷氣睡午覺。」子淵莞爾。

「我們已經是第四次見面了，太巧了吧，喔，我知道了，你是不是在跟蹤我？」彥琪沒頭沒腦來上這麼一句。

「跟蹤妳？」子淵嘴巴張大，整個脖子歪掉。

「想追我？那你得打敗我的現任追求者才行啊，他是個年輕醫生，國考剛剛通過，下個禮拜開始在台大醫院上班，前途還可以。你要多加把勁才行，只是跟蹤我還不夠呢。」彥琪打量著車內，笑笑。

「免了。」子淵噗嗤一聲笑了出來。

「不請我坐上車休息嗎？我走路走得好累，幫我偷一下懶嘛。」彥琪叉腰。

「好是好，但是我們有那麼熟嗎？」子淵哈哈一笑，打開車門。

24

車子上了新生高架橋，轉進高速公路。

在愛快羅密歐低沈運轉的引擎聲中，時速悄悄上了一百五十公里，風切聲隱隱劃過流線的車體，奇異地並不令人討厭。

子淵也不曉得為什麼會因為彥琪古靈精怪的一句話，就讓她上了自己的車。

或許是自己根本就不在意吧？還是自己也想講講話？

子淵微笑看著旁邊的彥琪，車子開這麼快，這位天兵警察倒是一點意見都沒有。若參與鳥擊計畫的警察都像她一樣懶散，葉素芬早就被自己終結了。

「第四次見面，我卻還不知道妳的名字。我叫子淵，周子淵。」

子淵說，將音樂調小。

「嗯嗯，就叫我小女警吧。」彥琪說，手指卻夾出一張小紙片，在上頭寫上自己的名字，然後放在子淵上衣口袋裡。

坐在子淵旁的彥琪，對「月」車上的一切都感到好奇，將副座前的置物箱打開，裡頭只有兩疊回數票、幾本雜誌、還有二十幾張ＣＤ。

果然月在決定行動前，是不會露出任何蛛絲馬跡的。彥琪心想。

「忙裡偷閒的小女警想聽什麼音樂，自己找找吧。」

「開車，當然要聽周杰倫的歌啦。」

彥琪找出一張周杰倫的范特西專輯放進中控音響裡，然後隨著周杰倫含糊不清的滷蛋唱腔，隨口哼了起來。

沒有目的地，子淵也就隨意得很，只要負責挑路縫超車就行了。在台灣狀況總是不好的國道一號上，可以用時速一百五十公里飆多久，子淵自己也很好奇。

然而接下來的十幾分鐘裡，兩人什麼話也沒說，好像在比賽似的。一個踩油門，一個亂哼歌。

「要送妳回去了嗎？」子淵先開口。

花多久出來，就得花多久回去，里程數守恆定理。

「耶！你輸了。」彥琪舉起雙手，樂得很。

「啊？」子淵感到非常好笑，什麼東西啊……

「子淵，你覺得瓶子是為了什麼存在的？」彥琪突然來上這麼一個問題。

「裝水？」子淵想都沒想。

「對。我也覺得是裝水。」彥琪點點頭。

子淵暗暗覺得好笑，看了表情頗為認真的彥琪一眼。

「保齡球呢？保齡球又是為了什麼存在的？」

「百分之百，是為了擊倒那十根該死的球瓶存在的。」

天啊，這是什麼對話……

「跟你說，我從小就是個糊塗的人，常常都在狀況外，只對自己著迷的東西有興趣，講起話來常常沒有遮攔，大家都說我心直口快，可是只有我自己知道，我這叫做笨。」彥琪頭靠著車窗，若有所思，卻不像是在裝憂鬱。

「我們不熟，可是我覺得妳這樣還挺可愛的。」子淵聳聳肩。油門不鬆，時速推上一百六十五公里。

「你看Discovery頻道嗎？」彥琪精神一振。

「看。」

「我上個星期看動物星球頻道，說澳洲有一種地松鼠，經過幾千年演化後，已經有了很厲害的免疫系統，不怕響尾蛇的劇毒。我看電視上那畫面很驚險，一隻地松鼠被咬了一口，卻一點事也沒有地跑回洞穴，還拼命撥土攻擊那隻覺得莫名其妙的響尾蛇，把牠趕跑。」

妳剛剛說的是Discovery頻道吧？子淵莞爾。

「妳想說的是，生命會自己找到出路？」子淵再度加速，想嚇嚇這個小天兵。

車速上了一百八十公里，然後是一百九十公里，兩百…兩百一十公里……

「才不是呢！我想說的是，地松鼠超強的免疫系統，雖然是因為有響尾蛇的存在才會跑出來，但是這種免疫系統也不見得一定是因為物競天擇喔，例如猴子也會被咬啊，也一樣被咬了幾千年啊，怎麼不見有哪一種猴子的身上有響尾蛇蛇毒的抗體？常常被咬的野兔也沒有啊？怎麼就是偏偏是地松鼠有？」

「……喂，別越說越生氣。」

「總之，地松鼠身上為什麼會有特別針對響尾蛇的抗體，一定是因為上天故意讓牠們有的。至於上天為什麼要讓地松鼠有免疫體質，差不多就是想讓他們變成朋友，不要讓地松鼠因為怕被響尾蛇咬，不敢過去說說話。」

好荒謬的邏輯。

「我有問題。」子淵舉手。

「請說？」

「為什麼是地松鼠？不是猴子或野兔？」

「上天決定的事，我怎麼會知道？」彥琪皺眉，攤手。

很好……好一個推卸責任的亂答。

「說不定，是某一天地松鼠被響尾蛇咬到很生氣了，所以在森林開了一個會，決定要在演化的道路上朝擁有這種抗體的路上邁進！了不起的生物。」子淵說，語氣卻忍不住流露出笑意。

「子淵，你有天賦嗎？」

「挪，就這個。」

子淵再度加速，時速已經超過兩百三十公里，輕微左右一帶，愛快羅密歐的極限身影卻沒有分毫危險的晃動。

幾秒後，車速慢慢減緩，一路降到一百二十公里，因為前面的車子漸漸多了起來。台灣的高速公路畢竟不是個好的衝車路線。

開快車其實並不是子淵的喜好。但不知道為什麼，子淵總覺得有一天用得上。

「我有一個天賦。」彥琪開口，並沒有被剛剛的極速給震懾住。

「裝熟？」

「我覺得，我的天賦，是為了要找到一個人。」

「……」

「沒有別的原因了。」

不知道為什麼，聽到這段話，子淵感到不安。這份不安，來自原本輕鬆開車的子淵突然感覺到「自己是月」的事實。

難道旁邊這位天兵小女警，居然瞎矇到自己就是殺手月？

「究竟是什麼樣的天賦？」

「噓。」

彥琪沒有說，只是伸了個懶腰。

「噓？」子淵倒是很在意，莫名其妙的不安。

「子淵，你有女朋友嗎？」彥琪突然挺起身子，大剌剌看著子淵。

「交過幾個，現在沒有。」

「我有個預感，我們下次見面的時候，應該會交往喔。」

「所謂的交往，可是要兩個人都同意才行。喂，而且我們也不熟。」

第四次邂逅了還不熟？真麻煩。彥琪想了想。

「去海邊吧。」彥琪開口。

「海邊？等等，妳不是在值勤嗎？」子淵失笑。

「幫我外拍啊，你有帶相機吧。」彥琪指著後座的背袋。

※

半個小時後，兩個人來到了福隆沙灘。

下車時，子淵還真覺得莫名其妙，自己還真是言聽計從、悉聽尊便、任人隨意發號施令的全民殺手啊！

雖然很想這樣幽默地自我解嘲，原本一丁點的古怪卻滲透到子淵全身上下。

這是殺手的防衛本能嗎？有某種危機在窺伺嗎？

子淵感到不安。

但不安的理由只能從這個看似藏有特殊祕密的小女警身上，才能找到答案。說不出為什麼的怪，自己偏偏又不相信這個小女警能夠有什麼驚人的天賦——該不會是胡說八道到外天空那種本事吧？

「請我吃冰。」彥琪指著海灘旁的冰淇淋餐車。

「喂，你的天賦到底是什麼？」子淵捲起褲管。

「我要香草的，兩球。」彥琪笑笑，看著身旁不斷被自己捉弄的偶像，心中突然覺得很幸福。

不熟，但很幸福。這是每個女人的天賦。

「……」子淵。

想要解除這份不安，看來只有一個辦法了。

25

外頭的風已經明顯開始增強。

電視裡，氣象局預告強烈颱風「泰利」已經從東南方接近台灣，一個小時前已發出海上颱風警報，數百萬人全盯著螢幕，熱切期待各地縣市政府宣佈隔天停止上班上課的訊息。行政院的官員則戰戰兢兢，準備應付桃園地區如果再遭缺水問題的滔天民怨。

這麼強的風，雨卻一滴也還沒下，反而形成了讓人難以忍受的等待空窗。

※

城市上狂風烈烈，子淵站在飯店左側隔街大樓的天台上，泰利十七級的強風將月身上的白色大衣吹得很高，就像超現實的電影人物。

此刻的子淵，已經化身成月。

從這裡可以輕易地俯瞰飯店後街，以他在五百公尺內例不虛發的神槍，要擊殺葉素芬卻還不夠。首先，還得讓葉素芬真的從飯店後街出來才行。

月戴著手套，慢條斯理架起狙擊槍。

雖然被繚繞在心中的不安感逼得提早出手，卻絲毫無損月的強大自信。既然他已站在最擅長的天台上，就有把握將葉素芬從飯店後街逼出。

月拿出筆記型電腦，連結上蘇聯軍方特製的訊號擾波器，再進入區域網路。

如果你此刻正好站在筆記型電腦前，看著上面顯示的十六個畫面，你將無法對月的自信產生分毫懷疑。

花了兩個晚上的時間，月將四台電子望遠鏡架設在飯店後街的四個天台，用四個犀利的角度監測著即將發生的一切，透過遠端微控，還可以作細微調整。更不用提警方所能掌控的飯店內部的所有監視畫面，全都老老實實地被月的電腦所接收。

「沒有巧合。」月微笑，打開對講機。

※

兩輛黑色的凱迪拉克轎車，在強風中駛進飯店地下停車場。

門打開，一行穿著正式黑色西裝的律師魚貫下車，腳步俱是幹練的踢踏節奏，充滿了精神奕奕的目的性。

他們是葉素芬的豪華律師團，此行的目的當然是到飯店與主子商討幾個小時後，出庭的應對方針。

「不好意思。」執行籠鳥計畫的刑警，在房間門口為律師們進行搜身程序。

房間裡，葉素芬早已穿戴整齊，準備討論出庭的事項。

懷著鬼胎的律師代表，向葉素芬使了個充滿笑意的眼神。

葉素芬點點頭，整理著領口。不可否認，她感到異常的緊張。

氣氛詭譎，山雨欲來。

26

強風拍打著彥琪身旁的落地玻璃，發出隆隆的震動聲。

「哪有颱風不下雨的？」

彥琪坐在飯店對街的咖啡店裡，回憶著前兩天與月在沙灘上的小約會。

越是相處，就覺得月這個人很平凡。

自信，但平凡。平凡到讓人很感動。

※

沙灘上，月的話不多，卻總是很專心地聽著自己說話，有問必答。

「子淵，你殺過人嗎？」

「沒。」

「我也是。真不知道我練打靶是在練什麼的。」

天啊，一般人會這麼問嗎？子淵哈哈大笑了起來。

「笑什麼，你有辦現金卡嗎？」

「沒，想都沒想過。」

「我卡債欠了二十幾萬。」彥琪一屁股坐在沙灘上。

「嗯，我不會幫妳還的。裝熟是沒有用的。」子淵開玩笑。

「你知道一句老話嗎？欠銀行一百萬，銀行擁有你，但如果你欠銀行一百億，你就能擁有銀行。」彥琪舔著冰淇淋。

「嗯，有錢人欠得越多，銀行反而不敢動他，怕一動他就討不回錢，大企業欠大銀行，欠到大企業裡頭都長滿了蛀蟲，搖搖欲墜，大銀行卻只能幫著找更多的大銀行，聯合借錢給大企業補洞。惡性循環，整個社會都被一些沒有羞恥心的有錢惡棍給拖得向下沈淪。」子淵坐在沙灘上，吹著黃暈色的風，說到手中的冰淇淋融化了都沒感覺。

「月讓這些人付出了代價，是我的偶像。」彥琪精神一振。

「這樣說不好吧，畢竟妳是個警察。」子淵好意提醒。

「那你呢，對月的觀感？」彥琪若有所思地看著他。

「還可以，但月他並不缺我這麼一個崇拜者。」子淵回答的時候，完全看不出一點不自在。真好玩。

「對了，你追我好不好？」

「哈，妳不是有個超有前途的醫生追求者嗎？」

只見彥琪拿起手機，撥了通電話。

「小黑嗎？我趙彥琪，從現在起發給你一張好人卡，掰掰不必連絡。」彥琪爽快說完，笑嘻嘻看著子淵。

「喂……一意孤行是沒有用的。」子淵張大嘴巴。

那天，彥琪就是這麼不停地逗弄著子淵，月。

※

月現在在做什麼呢？

彥琪靈機一動，打開隨身素描本，拿起藍色原子筆。

閉上眼睛。

想像著月吃東西的模樣，月開車的神情，月拿著兩根冰淇淋捲起褲管的傻笑，月侃侃而談的認真，月被自己硬逼答應下次一起去釣魚的無奈，月靜靜送自己回到崗位的淡淡優雅。

等到彥琪再度睜開眼睛時，她看見素描紙頁上，月站在天台。月充滿光彩，俯瞰飯店後街，身邊盡是奇怪的電子儀器，以及……一把槍。

27

訊號擾波器啟動。

月估計警方在八分鐘都不會知道自己人內部的通訊出了毛病。如果每個警察都像那個小天兵女警一樣，警方內部半小時失聯都沒發覺也不奇怪。

做了些許調整，月已完全控制了警用的通訊頻道。

然後是飯店的警報系統。

「所有籠鳥計畫的弟兄注意，Ｂ４區跟Ｃ６出現可疑的禿鷹，禿鷹疑似持有炸彈。請注意，兩隻禿鷹正朝鳥窩移動。隨時準備移動母鳥。」月手持加裝了變聲器的對講機，靜靜聽著另端出現騷動的討論聲響。

很好，不能急。

所謂的連鎖反應，一定要按部就班地自然發酵。

月看著電腦螢幕上的飯店監視畫面，手指按照計畫敲了幾個鍵，幾個在五天前就預先合成的「嫌犯」動靜立刻取代了真實的「現在進行式」畫面。

模糊的監視器畫面讓月的合成技術有縫可鑽，尤其在慌亂的一開始，警方除非有人冒險衝到了現場，否則大家就得依賴月的胡攪畫面判斷、行事。

社會學家布希亞預言的「虛擬即是真實」、「戰爭不過是在媒體上發生與結束」的後現代擬真狀態，在月精密的操作下得到荒誕的印證。

「鳥擊計畫弟兄注意，一隻禿鷹突然改變方向朝一樓大門移動，請將所有弟兄調往大門準備，重複一遍，禿鷹身上疑似持有爆裂物，弟兄不要太過接近，一有危險格殺無論。」月這一說，街上所有隱藏身分的便衣警察，全都因為異常的肢體反應暴露了行蹤。

月的手指在電腦觸控板上移動，點下飯店警報系統的紅色視窗。

飯店登時警鈴大作，自動灑水系統同一時間噴落出水。

四個籠鳥計畫的刑警第一時間衝進葉素芬房間裡，荷槍實彈大叫出狀況了，而葉素芬則與一票不知所措的律師面面相覷。

「怎麼會是這樣？」葉素芬臉色鐵青，看著獐頭鼠目的律師代表。

「我……也不知道，不該是這樣的啊！」律師代表大駭，插在口袋裡的手已暗中撥按手機。

真是要命的變化。

此時街上三輛廂型車全都衝到飯店大門，幾個鳥擊計畫的刑警魚貫跑出，各自尋找掩護，神經兮兮地持槍警戒。一個隊長似的人物正對著對講機大叫請求支援，神色緊繃。

很好，負責鳥擊計畫的警察們全都如預期擠到了飯店大門，被一個根本不存在的炸彈客給吸引住所有的注意力。

「緊急狀況！一隻禿鷹在B7區引爆了身上的炸藥，不！更正！禿鷹是手持丟擲式炸藥，正前往鳥窩！禿鷹持有多枚炸藥，請籠鳥計畫的弟兄迅速移動母鳥！注意！按照撤退守則迅速移動母鳥！」月用惶急的語氣大叫。

語畢，擔綱籠鳥計畫演出的四個刑警立刻打開房門，團繞著葉素芬與一票臉色蒼白的律師來到狹窄的走廊，緊張望前，又焦切看後。

炸彈啊，真是太棘手了嗎？月笑。

「籠鳥弟兄請按照撤退守則經由D區移動母鳥！分局已經派遣警力在飯店

後街等待母鳥，不要驚慌！C區，不！D區！重複一次，是D區！D區目前十分安全！」月的語氣夾帶刻意冷靜的隱性驚惶，這樣的聲調比起大吼大叫，反而更叫人容易緊張。

月站起，走到狙擊槍旁。

此時的月，背脊燃起了一陣不安的悶火。

「你真的是月。」

彥琪的聲音，帶著興奮的劇烈喘息。

月冷靜地緩緩回頭，肩膀一個若有似無略沉，一把小刀已經從手錶的扣環上解開，暗扣在左手食指與中指之間。

彥琪拿著手槍，氣喘吁吁站在安全門旁，長髮被迴風吹得很凌亂。

彥琪手中的槍口，自然是對準了月。

在這種距離，即使是從沒殺過人的小天兵警察，也能輕易擊中自己吧。月想。

但吉思美教他的基本擲刀術，月可沒因為用了槍就擱著。

風很大，必然會影響飛刀行徑的角度，但他的意志會將刀子帶到正確的位置。

「請妳別開槍。」月淡淡地說，可能的話，他不想擲出手上的利刃。

「好啊！」彥琪爽快地把槍關上保險，插回腰際。

月倒是傻住了。

這小天兵來做什麼的？

此刻的他卻已無暇去想這個小天兵怎麼知道自己是月，又怎麼知道自己此時此刻會在這個天台。因為他該做的，還沒有完成。

時間越來越緊迫。

擺在地上的筆記型電腦，不斷傳來警察與葉素芬等人在樓梯間快步移動的畫面，而警方頻道裡都是倉促的相互確認聲，飯店裡的其他客人也被沒有停過的警鈴聲與落水弄得大驚惶，全都擠到了走廊上。

一團混亂。

關鍵時刻，絕不能栽在這個小女警手上。

頭一次，月感到空前的焦躁，聽到了自己不斷自內敲擊胸膛的心跳。

「你在忙對不對？我一聽警方頻道裡的胡說八道，就知道是你在搞鬼呢！」

彥琪走上前，熱切地想看看月擺在天台上的一堆新奇傢伙。

「別靠近！」月臉色一沉，亮出手中的刀：「再靠近的話，別怪我動手。」

彥琪一愣，但隨即吐舌笑道：「月才不會殺一個無辜的小老百姓呢。」

月臉色鐵青：「不要再靠近，把槍扔在地上。」眼神凌厲。

彥琪從善如流，不僅把槍輕輕放在地上，還高高舉起雙手，身體像選美般繞了一圈，說道：「你要殺葉素芬就專心做事吧，我現在暫時替你把風。」

「……」

月看著彥琪放在地上的手槍，又看了看一副擺明不怕自己的彥琪，突然覺得自己嚴肅的舉動非常醜陋，非常失控。

月嘆了口氣。

「罷了。如果妳要逮捕我，請等我開完這一槍。」月轉身，蹲在地上，專注地調整架好了的狙擊槍。

彥琪還真的不敢繼續靠近，因為她怕月因為太在意她的存在而失手，那樣就慘了。彥琪靜靜地蹲在天台旁，雙手放在頭上，像隻做錯事的小兔子。

背對著亂入的彥琪，月的心情複雜到了極限，但他的眼睛仍本能地聚焦在瞄準鏡裡的十字架，呼吸也漸漸平穩。

估計還有四十五秒到一分鐘，目標到位。

「妳不怕我？」月瞇起眼睛。

「月只殺該死的人。」彥琪小聲地說。

「但我可能會為了整個社會的正義，必要時犧牲掉妳也在所不惜。」

「不會。」

「？」

「你是月，不會讓我失望的月。」彥琪扮了個鬼臉。

「妳是個警察，妳知道妳現在在做什麼嗎？」月屏住氣息，整個人跟槍融和為一體，周遭的空氣無聲無息地包覆住月與狙擊槍。

「不知道，我現在很緊張。喂，你專心一點啦。」彥琪不敢太大聲，頭卻一直好奇地往前探，很想看個清楚。

混蛋，月發現自己正在笑。

「妳真的是個很奇怪的警察。如果栽在妳的手上，我也認了。」月瞇眼，左手揮揮，示意彥琪靠近自己。

彥琪眼睛一亮，興奮地跑上前，來到月的身邊，從上頭看著飯店周遭的街道。

即將目睹偶像替天行道的瞬間，彥琪緊張得黏在天台上牆。

「要我幫忙倒數嗎？」彥琪咬著嘴唇，一臉不知道該怎麼辦的惶恐。

「噓。」月又笑了……真是太混蛋了。

突然，彥琪的眼睛瞪大。

瞄準鏡裡，突然闖進了一台黑色廂型車。

廂型車沒有減速，就這麼撞進飯店後門！

28

「那是警方的車嗎？」月的身形不動，保持在隨時可以開槍的狀態。

「不是！」彥琪傻眼。

飯店裡，響起一長串激烈的恐怖槍響。

月瞥眼看著筆記型電腦上的「真正」監視畫面，愣了一下。

飯店後門小廳堂，滿地噴飛開的碎玻璃。

廂型車車門已開，裡頭跨坐著幾個手持衝鋒槍的蒙面客，一時火光大作，幾個穿著深色西裝的律師呆呆地看著眼前的劇變，被子彈掃成了馬蜂窩。

「糟糕。」月暗道。

蒙面客同樣冷血地朝著籠鳥計畫的四名刑警開槍，刑警完全被突然闖進的廂型車與暴徒給震懾住，幾乎沒有做出抵抗就遭到冷酷的格殺，瞬間被亂槍打死。

黑色的液體迅速在地上擴染開來。

「我的同伴……」彥琪無法呼吸，在指縫中看著慘劇發生。

唯一沒有倒地就死的，是目瞪口呆的葉素芬與律師代表。蒙面暴徒動作粗魯地架起他們倆摔進車子。關門，倒車！

黑色廂型車急轉，就這麼「挾持」葉素芬與律師代表衝出飯店後門。

月當機立斷，手指連扣。

兩發子彈勉強擊碎了廂型車的後窗，一個坐在最後面壓陣的暴徒登時爆頭斃命。廂型車並未因此減速，反而打開窗戶朝四面八方火力掃射！

月與彥琪，就這麼看著暴徒囂張地揚長而去，留下滿地的發燙彈殼。

「注意，各單位注意，禿鷹從飯店後方有接應架走了母鳥。籠鳥計畫隊員全數喪命。請儘速追捕一輛往西走的黑色廂型車。注意，禿鷹極度危險，至少有三人持衝鋒槍犯案。完畢。」月沉著地說完，遺憾地放下對講機。

不，不是遺憾。

月發抖的手，幾乎要捏碎手中的對講機。

陰謀。

根本就不是挾持事件，而是以人命為代價的預謀脫逃。

而自己，竟然陰錯陽差地成了幫兇。

「我的同伴死了……」彥琪腦中一片空白。

此時飯店大門口的烏擊計畫刑警一陣重新佈置的騷動，上車的上車，還在眷戀飯店門口的警員兀自呆呆望著。

突然連聲驚天爆響，警方的廂型車被劇震掀離地面，其中最靠近大街的廂型車甚至直接爆成一團火球。

火屑紛飛，鐵片淩碎。

一輛綠色的改裝車疾駛而過，往另一個方向逃走，輪胎上冒出灰黑色的煙。這群劫匪竟然兇狠至此，如此暴力地阻絕警方的及時追捕。

月的瞳孔，映照著橘色的火焰。轉身，背脊重重撞在牆上。

「追不上了。他們一定會連續換車，接下來就是坐船出海了。即使是颱風，也會有船願意冒險出去的。」月悔恨不已，看著烏雲密佈的天空。

如果暫時出不了海，只要事先規劃好，藏匿到颱風過後再偷渡也不是難事。

完全，失敗了。

十分諷刺的，積聚在烏雲頂上的雨水在此刻，以雷霆萬鈞的氣勢滂沱轟落，隨即迅速被猛烈的強風橫向掃開，席捲了整個城市高空，淋在月與彥琪的身上。

自己終於失手了。

終於辜負了社會對現世正義的嚮往。

月靠在天台邊，眼神空洞地看著一旁的狙擊槍，任橫向吹捲的大雨擊打在自己身上。所有的儀器都溼了，但他不在乎，只是躺在悔恨的漩渦裡。

雨聲，風聲。

彥琪站了起來。

「我們走。」彥琪撥開淋溼垂落的瀏海，氣勢逼人。

有那麼一秒，月以為這位天兵小女警是要逮捕自己歸案。

「只要你開車夠快，我絕對可以找到葉素芬！」彥琪伸出手。

29

時速一百三十公里的飛車，在台北市區奔馳著。

彥琪拿出素描本跟藍色原子筆，竭力平靜下來。

「妳怎麼有把握知道他們會去哪裡？」月握著方向盤。

「我不是已經找到你了嗎？」彥琪閉上眼睛，不斷回憶著葉素芬的行為舉止。

「……」月看著前方，專注地超車。

「獻醜了。」彥琪手中的原子筆震動。

月突然有種感覺。

自己會執著練習飆車，或許就是為了這場追逐。

※

葉素芬看著車窗外，強風將路樹攔腰吹倒。

草綠色休旅車行走在人煙稀少的產業道路，預定繞遠路到暫時的棲避所，再進一步確認船老大對出海的評估。

劫匪除下面罩換裝成尋常人的模樣，衝鋒槍則擺在後座下方。

葉素芬的臉色早已從煞白變成粉嫩的好氣色。

按照預定計畫，三分鐘前劫匪已換車隱蔽行蹤。那名被月狙殺死去的夥伴則被孤零零丟棄在黑色廂型車上，大概再過半小時才會被遲鈍的警方發現吧。

……對於月，真的是分毫都不能大意。如果車子不是直接衝進飯店後門，而是擋在後街外頭搶人的話，葉素芬早就在狙擊槍下一命嗚呼。

現在已經安全，就只剩下逃出這個海島的時機問題。

大雨持續，只是被強風掃得抬不起勢來。

「老闆，我應變得還行吧？」律師代表頗有得色，手中還拿著手機。

「有你的，接下來就是嫁禍給月了。」葉素芬微笑，心中盤算下一步棋。

「沒錯，晚點我來個驚險的『逃出生天』，怎麼跟媒體和警方解釋的說詞都想好了。月這次殺了這麼多警察跟律師，可不會是全民英雄了，而是人人得而誅之的過街老鼠。」律師代表笑笑，將手機遞給葉素芬。

葉素芬哼了一聲，接過手機，依約又轉帳了三成款項。

原本這群殺人不眨眼的大圈仔劫匪，就打算在葉素芬等人離開飯店出庭的瞬間開車衝出來搶人。這些劫匪所備置的火力遠大過於警方的想像，在兩條街外還有其他劫匪可以接應掩護的火力。

但就在月提早在出庭前引爆虛造的飯店危機後，負責委託劫單的律師代表及時撥出了電話，讓這群機靈的劫匪快速更動了計畫。且順著月撥開警力的巧合，這群悍匪加倍順利地「劫」走了葉素芬跟律師代表，原先預備支援的火力也適時將準備追出的警方炸了個稀巴爛。

「這幾個月，過得真不像人。」葉素芬憎恨地看著車窗倒映的自己。

等到潛逃出境，或許換個身分，自己就用那筆一百輩子都花不完的掏空巨款，舒舒服服地當個低調卻奢華至極的皇后吧。等到月被警察逮到殺死，自己再出面，好好嘲弄一下這個對她極度不友善的小島。

「……」

葉素芬自己也沒想到，計畫進行到了這裡，她卻沒有太多欣喜的心情。取而代之的，是無法遏止的巨大憎恨。

沒錯，一定要恣意嘲弄一番……葉素芬冷笑。

「咦?」開車的劫匪看著後照鏡，一輛快速逼近的白色愛快羅密歐。

一把銀色手槍伸出車窗。

「上帝會原諒我的——那是祂的職業。」

月引述德國詩人海因希的話。

微笑，子彈擊出。

30

精準的彈道，一發就讓綠色休旅車的左胎爆破，在強風中整個打滑翻覆。

白色跑車瞬間甩尾，超過正在翻覆中的休旅車。

副座的車窗早已拉下，彥琪緊貼椅背，月的手槍直接往旁一開。

彥琪看著要命的子彈飛掠自己面前，穿入正在傾斜的休旅車車身，將駕駛座上的劫匪攔腰擊斃。

休旅車翻了整整兩圈，最後驚險地卡在產業道路側邊的護欄上。翻覆的力道再大些，整台車就會滾落到陡峭的下坡，直達地獄。

「別下車。」

跑車迴正，已擋在山路中間。

月開門，慢條斯理走向翻覆毀損的休旅車，手中的銀槍輕鬆寫意地揚起。

咻、咻。

在大雨中，微不足道的兩聲槍響。

兩個冷血的劫匪尚未從翻車的驚愕中回過神來，腦漿就從後腦勺朝四方飛濺，毫不廢話地瞪大眼睛，愣愣看著兩道眉毛中間的黑點。

單純兇暴的武裝劫匪遇上真正的殺人專家，是不會有什麼像樣的對決的。

在強風中踩著自信優雅的步伐，月走到車後門，用槍柄敲碎早已龜裂的玻璃。

後座，葉素芬與律師代表全都嚇得無法動彈，外頭的冷風一下子灌進，猶如死神的鐮刀逼近喉嚨，連靈魂都寒毛直豎。

而死神，正在車外淋著雨。

「你是幫兇吧？」月看著眼神呆滯的律師代表。

「不，我是……」律師代表面如土色。

「真差勁的遺言。」月扣下板機。

子彈近距離貫進鼻腔的巨大衝擊力，將律師代表的頸子往後猛力一扯，喀啦一聲倒掛，鮮血與亂七八糟的乳白色腦漿，稀哩嘩啦噴瀉在身後。

月冷冷地看著面色慘白的葉素芬。

他在等著她的遺言。

很少有這樣的近距離，可以讓他將目標最後的嘴臉瞧個清楚。

「五十六億，全都拿出來給你……」葉素芬顫抖不已，連話都說不清楚。

月感到非常好笑，也非常酸苦。

「如果妳早就肯將五十六億拿出來還給投資人，今天根本就不必坐在這裡，跟我的子彈說出這種不三不四的遺言。很遺憾，請妳閉上眼睛。通往誘惑的門，都是寬大的——若記不住這句話，下輩子還是別當人了吧。」

月的槍，毫不留情地指著葉素芬的腦袋。

葉素芬腦子一熱，眼前俱黑。

根本就沒有所謂的、過去記憶壓縮爆發一轉即逝的迴光返照。葉素芬心裡想的，全都是無可救藥的邊緣掙扎——逼近憤怒的掙扎。

「你怎麼可以用手中的槍決定一個人的生命！」葉素芬驚恐，幾乎要慘叫。

「殺了妳，至少有一件事是確定的。」月的大衣被強飛吹起。

「？」葉素芬張大嘴巴。

「那就是，妳以後不會再犯。」月朝車內扣下板機。

收起，踩著雨水，轉身走向白色跑車。

跑車車上，彥琪打了個冷顫。

月的身子一晃，斜斜地往跑車車身輕靠。

這感覺……

「喔？」月往痲痲的頸子一摸，果然。

一枚吹箭沒入月的頸椎，特製的神經毒迅速終結了月的所有應變。

沒有別的可能了。

31

「終於見識到了月的手段，真的是非常驚人。」

樹頂，一道削瘦的黑影快速絕倫地攀跳而下，落在月的五步之遠。

水花濺起，獸的黑。

一個擁有無限鬼影之稱的恐怖殺手，豺狼。

月用最大的意志力坐下，看著蹲在地上打量狀況的豺狼。

月的身體漸漸變得不像是自己的，脖子以下幾乎都失去知覺，但意識卻分毫不受影響……蹲在自己面前的，真不愧是善用神經毒吹箭的野性殺手。

如果有一個人可以神不知鬼不覺跟蹤自己，直到最後一刻才現身給予致命一擊，除了豺狼，還真不做第二人想。

「應該還可以說話吧，我沒有痲痺你的語言系統，更沒要立刻殺死你的意思。」豺狼像野獸一樣的臉，帶著些許尊敬的笑意。

豺狼留著如獸毛的長髮，赤裸的上身套著黑色的老舊皮夾克，被割花的黑皮褲，赤著一雙黑色的腳掌。毫不掩飾自己的黑色本質。

彥琪沒有下車，因為她從後照鏡裡看見豺狼正微笑看著她，示意她不要有多餘的舉動，就不會發生無法逆轉的憾事似的。

「你是前些日子失蹤很久的豺狼吧？」月平靜地看著幾乎是獸人模樣的刺客。

「是，那陣子我被國安局的人抓了，說起來真是丟臉，就連現在蹲在這裡也不是逃出來的，而是給放出來的。」豺狼喀喀喀地笑了起來，露出刻意磨尖的銳利牙齒，朝著車子裡的彥琪揮揮手。

彥琪原本拿著手槍，想要深呼吸賭一口氣衝下車，但看見豺狼這個笑嘻嘻的動作後，竟完全不敢動彈。她感覺到一股很嚴肅的殺意。

「所以，是國安局聘雇你殺我？」月說，雨水沿著頭髮傾洩在臉上，扎得眼睛幾乎要睜不開，但他卻不能夠不看清楚自己的剋星。

那是一種敬意。

「完全正確。」

豺狼一屁股坐在地上：「不過你根本就像空氣一樣，我可沒有那麼靈的鼻子把你給嗅出來。幸好你要殺誰兩千三百萬人都知道，這樣就簡單多了。我只要在暗處咬著葉素芬這蠢女人，等著你隨時大駕光臨就行了。」

簡單？一點也不簡單。

整座海島長期以往都找不到月，但豺狼以絕佳的野獸本能辦到了。

「但你還是讓我殺死葉素芬了，感激不盡。」月微笑。

「國安局只叫我宰了你，可沒叫我保護那個蠢貨，更不管我什麼時候下手。基本上我還蠻樂見那個愛抱怨的女人掛點的，你眼巴巴地想宰，就讓給你吧。話又說回來，這女人逃成這樣子都讓你得手，真的是夠猛，猛啊！」豺狼豎指，往後指著背後的草綠休旅車。

「過獎，不過有兩件事我還想不透。」月笑笑，沒有怨懟。

「喔？」

「在飯店時也就罷了，但就像你說的，葉素芬這群人逃成這樣子，你都還可以咬著不放，甚至我一路追趕都沒發現你在葉素芬附近。你是怎麼辦到的？」

「如果只是你單純想聽聽我的拿手好戲，我會說，一五一時地說，因為這世界上最會保守祕密的就是死人。而且我也蠻欠人說說話的。」豺狼開始演講起來，畢竟他是個非常寂寞的殺手。

但豺狼指著車上的彥琪，使了個眼色。

月同意，帶著感謝之意的理解。

「第二件事，像你這樣的殺手，怎麼會被國安局那些人給收買？」月說，頓了頓，又開口：「你的吹箭真要命，我到現在都沒辦法挪動我一根指頭。」

殺手行於黑暗之道，卻鮮少願意變成政治的特定打手。

不過月自己也很清楚，自己既然是全民的盟友，就不免是政府「官員」的敵人。那些暗地裡貪贓枉法的大官誰都害怕上了月的獵頭網站，月會變成政府高層欲除之後快的標靶一點也不意外。

豺狼搔搔頭，皺眉道：「殺手接單殺人，再正常不過，不過我自己非常不喜歡跟政府打交道，要不是他們放我出去，我才不想接他們的單子。再說，我也不想就這樣死掉。」

「喔？」

「那些人在我的身上注射了奇怪的藥劑，每隔十四天我都得在固定的郵政信箱領取暫時的解藥，不然我就會從肌肉組織開始溶解，最後死得像灘爛肉。相信我，我看過那種死狀，連蒼蠅都懶得靠近的大糟糕。」豺狼指著自己的耳後針孔，說：「殺了你，那些戴口罩穿白色衣服的傢伙才會給我一次性的解藥。」

月用眨眼取代了點頭。

委託人想殺的目標有難易之別，委託人希望目標的死法亦包羅萬象，殺手裡接單的狀態自也各有千秋，供給與需求形成詭異又飽滿的鏈。如果委託人能找到適當的殺手仲介商，就能精準地將仇家人間蒸發，留下美好的買凶回憶。

豺狼這個傢伙之所以惡名昭彰，並不是他殺人如麻，而在於他擅長獵殺同業，而且老是將同業給吃進肚子裡，出於某種不言而喻的偏執。

「只有殺手才是殺手的天敵」，永遠不變的道理。而豺狼更是箇中好手，他不僅接稀鬆平常的單，也接最困難的單，更接同業之間彼此競相殘殺的單。

豺狼從不懂得皺眉頭，讓他的「蟬堡」收藏幾乎冠居所有的殺手。

「該我問你了。會不會覺得栽在我的手上，非常不值得？」豺狼的眼睛很大，在凌亂又骯髒的瀏海後面顯得格外嚇人。

「不會，你是高手。在我的眼裡你跟G不相伯仲。」月笑，用力撐起眉毛，繼續說道：「就算我事先發覺你在附近，躺在地上的也絕不會換人。」

「謝謝，我覺得十分榮幸。吃了你，我一定會變得更聰明。」豺狼嘆氣，反手從腰際拔出一把不長不短，恰恰好可以將人痛苦殺死的獵刀。

大雨淋在黑色的豺狼身上，就像打在一塊沒有生氣的岩石，沿著皮衣皮褲的皺褶不斷蜿蜒透下。他已練就與周遭環境融為一體的剛毅。

「……」彥琪聽著兩個殺手慢條斯理的對話，想哭，卻又感到不可思議。

從後照鏡裡，那畫面竟然沒有一絲殺戮在即的緊繃感。是不是每個殺手都看慣了死亡，就連即將降臨在自己身上的厄運，都覺得理所當然？

月看著所有雲都被強風吹散的天空。

沒有日，沒有月，沒有星星。

只有呼嘯的風，凌亂的雨。

正義如果沒有執行，根本不會有人信仰。這就是自己的道。

「動手吧。」月笑。

從未懷疑過自己的殺之道，至死依然。還有更好的人生嗎？

至於這個島，是不是會永遠都記得挺身而出、背負殺戮的自己，也就不是那麼重要了。不過是連著七天的驚愕頭條，一向都是如此。

但，有個人不同意。

「不准動手！」彥琪拿著手槍，站在車旁。

「哎。」豺狼的身子抖了一下。

彥琪張大嘴，歪著脖子漸漸跪倒，手槍有氣無力地勾在右手手指上。

不知道是大雨遮蔽了視線還是怎地，彥琪連頸子是怎麼多了一根小吹箭都沒有印象，就只能任痲痹感無聲無息奪走自己的身體。

月嘆氣，這個天兵小女警……

「你就算殺了月，那些大官也不會真的放過你。你知越多祕密，只是讓自己越來越危險，他們一定會把你除掉湮滅證據……」彥琪掙扎著，有氣無力。

「你又知道？」豺狼冷冷地看著她。

「電影都是這麼演的，難道你一點常識都沒有嗎？」彥琪快要哭了。

豺狼沒理會單子之外的彥琪，只反扣獵刀，彎著身子逼近無法動彈的月。

月看著自己，沒有怨恨，沒有憤怒，也沒所謂的「來去一場空的覺悟」。

月只是看著自己。

從來沒有人這樣看著自己。

「我說月啊，你不當殺手的制約是什麼？」豺狼弓手，寒芒隱隱。

「被殺死。」月輕鬆說道。

「真是太遺憾了。」豺狼獵刀刺出。

32

醫院的電視機上，從沒停過輪流重複的兩件新聞。

第一件新聞，葉素芬與其律師代表串通數名亡命之徒，在颱風天錯亂警方的內部通訊於飯店持槍搶人，最後殺死十二名刑警後驅車離去。

第二件新聞，葉素芬隨後在山區產業道路上，遭到殺手月擊斃。全程由一名遭殺手月挾持的女刑警目睹作證。隨後月則不知所蹤。

「……」

彥琪坐在病床上，呆呆地看著掛在身邊的點滴。

生理食鹽水一點一滴，稀釋沖銷自己體內的神經毒。就跟豺狼最後的建議一樣，即使什麼也不做，時間一久，藥效就會自然消褪，不留下任何後遺症。

但這樣又如何呢？

「妳是說，那個叫豺狼的殺手，將另一個殺手月用吹箭麻醉後，不但朝他的脖子割了一刀，還把他給拖走吃了？」陳警司看著兩個小時前做好的筆錄，萬分不能置信。這算哪門子狗屁？吹箭？偏偏又不能否認彥琪身上的怪毒。

彥琪流下兩行淚水。

筆錄上，夾著彥琪的辭呈聲明。

33

深山樹林裡，事先約定的地點。

入夜的山區裡，強風的勢頭更加恐怖，預計颱風在後天凌晨才會脫離台灣。

呼嘯的狂風將林徑當作天然的孔竅，迴盪出更恐怖的聲響，配上貓頭鷹有一搭沒一搭的淒厲叫聲，讓兩個穿著黑色西裝的小夥子更加緊張，神經兮兮地左顧右盼，手中拿著的黑色皮箱不時顫抖著。

「東西拿來了嗎？」

頭頂上，傳來無從分辨遠近的獸聲。

「是的，依照約定，解藥就放在皮箱裡。從此兩不相欠。」黑西裝小夥子答道，舉起手中的箱子，隨後平放在地上。

另一個黑西裝小夥子打了個冷顫，忍不住將手中的槍給上膛。

「知道了，不想被吃掉的話就快滾吧。」隨著山風忽遠忽近的聲音。

當然。兩個奉上頭命令的黑西裝小夥子立刻轉身走人。

唰！一道黑風急墜而下。

來不及轉頭，兩個小夥子的脖子宛若電流通過，雙膝不由自主跪下。

低著頭，視線裡的一雙黑色赤腳，站在自己面前。

「別怕，只是普通的手刀。」

豺狼輕鬆地走過眼冒金星的兩人之間，撿起地上的皮箱，打開。

裡頭是一個裝滿藍色透明液體的小針筒。

「要擔心的話，就來煩惱一下這個解藥是真的還是假的吧。」豺狼拿起針筒，蠻不在乎地插進其中一個小夥子的頸子裡，然後反手重重敲昏另一個。

被注射進藥劑的小夥子驚詫不已，害怕地咕噥著：「如果這藥是真的話，你怎麼辦?難道把我給吃了……」想逃，卻頭疼得要命，使不上力氣。

豺狼沒有回答，只是安安靜靜地等著結果。

這個問題一點概念也沒有。大不了，想辦法再要一次就是了，既然彼此的合作那麼愉快，即使再多接一個政府的單子也就算了。

十五分鐘後，那個倒楣挨針的小夥子人還安好，只是有些想吐，頭重腳輕的。豺狼猜想是手刀落得太重的關係。

「我可以走了吧？」小夥子抱怨，搖搖晃晃欲起。

「乖乖坐下。」豺狼瞪著他，小夥子只好照辦。

對於慣用自己調配的神經性毒的豺狼，他非常熟悉毒藥的種種特性。如果今天自己要玩弄另一個使毒高手，最好的方式莫過於調配一管作用時間超長的毒藥，讓他在等待的過程裡漸漸卸下防備。國安局如果要婊自己，也當如是。

但善於隱匿行蹤的豺狼，可是在暗處等待月獵殺葉素芬長達數周的耐力之王。

三個小時過後，小夥子突然頭疼欲裂，然後瞬間失去視力與聽覺。

「混帳，還是那臭女警說的對。」豺狼抱著腦袋，咿咿啞啞地苦笑。

國安局果然想湮滅掉雙方合作的證據，也就是他的一條爛命。

小夥子接著兩眼翻白，附上一層黃色的薄膜，眼角、鼻孔、嘴巴都冒出黃色的細密濃稠泡沫，喉嚨的肌肉異常腫脹痙攣，幾乎要窒息。

「快……快送我進醫院……」最後小夥子眼睛暴凸，兩道黃水從眼下汩汩流出，模樣就像好萊塢活屍片裡化妝壞掉的殭屍。

「送去幹嘛？」豺狼從鼻孔噴氣。

小夥子倒下，當然沒有了氣息。

那些怪里怪氣的症狀，每個都可以成為死因。

「看來，自己真的是死定了。」豺狼搔頭想著，順手將粗硬的手指貫進另一個小夥子的腦袋，將頭蓋骨給生生扒開。

喀喀，喀，喀喀喀喀，喀喀。

在死之前，還有十天時間可以賴活著……豺狼吃著鮮嫩的腦漿，思考著。

反正說不定根本沒有解藥？是啊，很有可能。豺狼吸吮手指上的黏滑物。

沒有人規定政府做什麼毒死人的東西出來就得做一套解藥放著，不負責任的事人類幹起來最拿手了。與其找到欺騙他的混帳官員把他拆成五十二張肉牌吃掉，還不如認真地，想想跟殺手中的最強傳奇，G，一較高下的可能。

「找到G的經紀人，然後下個限時專送的單請G來殺我吧？這樣好像比我找到他還要快。嘖嘖，反正我輸了也沒什麼損失。」豺狼拖著穿著黑色西裝的死屍，漫步在沒有停止過的強風細雨裡。

漸漸隱沒在一片森黑中。

34

月光撒進星巴克靠窗的位置，桌上的手機震動。

打開，裡頭的簡訊：「解藥是假的，你走運，我倒楣。」

子淵一笑，但這個笑帶著同情的味道。

※

獵刀插進跑車的鋼板，整個沒入。

「我這個人，雖然有點臭名在外，但絕不做便宜別人的買賣。」豺狼拍拍月的臉，字字清楚說道：「之前摸不著你，是根本就不曉得你是誰，住哪裡，身上發出什麼味道。但現在不一樣了，我隨時都可以殺死你。隨時。」

「的確如此。」月的清澈眼睛，映著豺狼野獸的黑色臉孔。

獵刀拔出。

「如果國安局敢騙我，我才懶得替他們殺你咧！你就盡情大鬧下去吧。」

豺狼緩緩收起刀子，將月揹了起來，打開跑車車門，將月摔進駕駛座。

豺狼打開一罐魚腥味非常濃重的油膏，塗了一點在月的鼻下。異常刺鼻，但瞬間讓月的神經復甦起來。

「你能夠握緊方向盤的時候就走，讓小女警留在現場想想該跟警方說些什麼。記住，如果我走運活了下去，你闔眼時可要甘願一點。」豺狼拍拍月的肩膀。

轉身，豺狼輕易跳上樹梢，一會兒就不見蹤影。

※

子淵看著窗外，風已歇，雨孤零零地下著。

手上拿著份昨晚剛剛收到卻還來不及讀的蟬堡，以及三份今天厚厚的報紙。報紙的頭條與內頁，自然離不開與自己相關的種種報導。

經歷了昨天的突襲慘變，乃至銜在後頭的驚心動魄，子淵整整睡了二十四個小時，到現在都還有點恍如隔世的感覺。

昨天面臨死亡還能夠坦然面對的心情，到了此刻已經很難再複製一遍。畢竟生命的可貴，本就不在於失去它的時候還能笑得出來，而是當有機會繼續活下去的時候，應該更用力地抓住它。

對於自己往後的生命，子淵感覺到有一股新的能量新注其中。

「我就知道你會在這裡。」

彥琪的聲音，彥琪的人。手上拿著一大杯熱焦糖瑪琪朵，跟一塊燻雞薯泥塔。

子淵看著臉色恢復紅潤的彥琪在一旁，幫她拉開椅子。

「妳怎麼知道我在這裡？」子淵失笑。

彥琪放下咖啡與薯泥塔，從背包裡掏出素描筆記本，得意洋洋打開。

素描本上，子淵坐在星巴克裡看報紙。畫中還清晰可見子淵身旁的玻璃外，店家招牌的名稱與道路名。

「了不起的天賦。」子淵嘆服。

這世界上能夠追蹤殺手形跡的，除了詭異的蟬堡，就是這天兵小女警針對犯罪者的「念畫」能力吧。這可是價值連城、卻千萬不能被發現的驚人天賦。

「我辭職卻沒被批准，就跟你猜的一樣，居然還要昇我的職。所以沒辦法了，只好繼續當我的小女警囉。」彥琪坐下，愜意地捧著熱焦糖瑪琪朵。

沒有比現在更幸福的了。

一杯燙燙的咖啡，一塊熱薯泥塔，加上一個不想殺掉自己的偶像殺手。

子淵也笑了。要不是有彥琪兩次義無反顧的幫忙，自己或許已成了復仇心切的行屍走肉，或更可能躺在豺狼餓腸轆轆的五臟廟裡。

等到放晴，他還想去海邊走走。至於更以後的事情，誰知道？

「妳來畫畫，那頭豺狼現在做什麼吧？」子淵提議，興致勃勃地說道。

「好啊。」彥琪接到命令，心中樂得很。

拿起原子筆，打開素描本，彥琪閉上眼睛。

三分鐘過後，彥琪吁了一口氣，攤開筆觸凌亂卻藍光飽滿的筆記本。

看著上面的畫作，彥琪大惑不解，子淵的眼睛卻發了光。

「看來，又是個精彩的故事。」

The End

kill er
〔殺手〕歐陽盆栽

每件事都有它的代價

1

我是歐陽盆栽，我是個殺手。

殺手宰人，天經地義。

但很抱歉，我這個殺手似乎當得並不稱職。

不稱職，指的並非我殺人的技巧不夠高明，如老愛在天台上放槍的「鷹」。也不是說我殺人的技術不到發展個人風格的程度，如總是想完成目標最後一個願望再殺死對方的「G」。或是欠缺殺人背後的高尚動機，如不由自主想殺掉家暴者的「吉思美」……老實說這個部份最是累贅。

是的，身為一個殺手，我並不殺人。

一次也沒有。

唯一能確認我真的夠資格擁有殺手抬頭的，並不是我的名字登錄在國際殺手工會的名冊（並沒有那種東西！），而是得靠抽屜裡那幾份散亂的「蟬堡」。

所謂的蟬堡，是一份連載小說。殺手專屬的連載小說。

據說不論在世界哪個角落，殺手每完成一次任務，就會收到一份蟬堡，有時用牛皮紙袋裝，有時用塑膠袋，有時則用舊報紙像包油條一樣摺覆好。說起來神，蟬堡就像鎖定殺手後腦勺的不限里程導彈，不管這個殺手把自己的行蹤藏得多麼隱蔽都拿蟬堡沒輒，該拿到的就是會拿到，而且沒有人抱怨。因為這東西亂有意思，像是嵌在報酬裡的一份似的。所以沒有殺手真的害怕為什麼自己會收到這種東西，或詢問該去哪裡退訂。

說蟬堡是連載也怪，我每次拿到的章節都次序紊亂，前文對不上後文，還得自己花心思整理。因為工作的關係，我認識幾個殺手同業，一問之下大家拿到的蟬堡都是斷斷續續、前後倒錯。大家都很有耐心地玩起了小說拼圖。

有個殺手叫豺狼，他媽的這傢伙殺人如麻，拿到的蟬堡之多恐怕居所有殺手之冠，但豺狼還是沒遇上結局終章。我猜根本沒蟬堡結局這回事。如果有，說不定作者就是死神，當你看到結局的時候大概也沒剩多久就會斷氣了罷。

所以看不到結局就看不到結局，沒啥大不了。依我的狀況，看得到其他殺手看不到的好東西才真是沒道理。如果有天真出現了結局，憑我，準能問到手。

離題了。

你一定想問，為什麼身為一個殺手，我竟不好好殺人？

每個人走錯了第一步，就很難矯正自己的毛病。

六年前我犯的錯，就是跟第一個目標太過接近。

2

我得提提我師父。

河堤上，師父的手指夾著第六根菸。

「對付目標，最要緊的不是沒營養的快、狠、準，而是笑臉迎人地靠近目標，當目標的朋友，當目標的兄弟，當目標的情人，等到目標毫無防備的時候……唰地輕輕絆他一腳，讓他的臉被迎面而來的車輪給碾去。碰！那便大功告成！神不知，鬼不覺。這是第二等境界。」我師父是這麼說的。

「那最高境界呢？」我問。誰都知道此時應該接這句話。

師父嘴角微開，一縷淡淡的白霧不疾不徐地飄出。就像一幅高深莫測的山水。

師父冷冷地笑，故意用陰森的語調說：「如果你夠本事，那時你還可以領到目標的保險金，定存，甚至是所有的遺產。」

「哇！」我張大嘴巴。這個答案實在是太迷人了。

「哇什麼？這年頭不管做什麼事，站在金字塔頂尖的，講的都是貨真價實的技術。拿著槍到處亂轟殺人的，終究是勞力階級……坦白說，給了隨便一個臭小鬼一把槍，臭小鬼也會殺人啊！這種不分你我都可以辦到的事，怎麼會有技術在裡頭？用舌頭，用交情，用擁抱宰人的，才是技術的核心，就是knowhow啦懂不懂！」師父抽菸，抽很兇。

據師父說，他的腦子裡有一個專門消化尼古丁的鬼地方，尼古丁一進去，就會被某種酵素給溶解，轉化成騙人的靈感。所以不抽菸就騙不了人。

一騙就是一條命。

「聽起來真麻煩。」

我是這麼想的，但沒有說出口。因為師父跟我一樣，都是沒有天分當殺手的人，只是硬要當！

我們的腕力不夠，開槍手會抖，手一抖子彈就會拐彎，誰都殺不死。更別提拿刀了，萬一被對方一個擒拿手搶走了傢伙，我可沒李連杰的功夫。又尤其我超怕痛又跑得慢，逃得不夠快遲早把命送掉。

所以我們只好依賴其餘的才華殺人。

例如，人性。

師父殺人的模式很簡單：混熟，逮機會，用日常死亡的方式讓目標進棺材。

其中第一步驟最難，因為每個目標的生活圈都不一樣，個性，工作，家庭都不同，要無端端混進目標的身邊絕不容易，更何況混進可以輕鬆殺死他又不留痕跡的距離。

完成了第一步，事情就成功了九成。至於你偏好將目標推下樓，推到快車道，開瓦斯，拆掉他的跑車煞車，甚至乾脆製造一場家庭小火燒死他，都是次要的收尾部份。有時隨興出手，有時還真得抓好時機，但都不是難事。

「最經典的一次，就是我發明了一個新興宗教，騙得目標整個深信不疑，最後自己含乾電池上吊自殺，還將他唯一一棟房子跟一輛破車留給了我。不過目標期待的外星人天神並沒有來接他，而是幾個臉色很臭的殯儀館人員。」師父得意洋洋，左眉上的痣用力跳動。

他最愛提這件事了，絕不膩，重複敘述的時候也不會偷懶少講一個字。

即使如此，我總是裝出一副極為佩服的表情，畢竟做出那種屌事，真的需要別人好好誇讚一番。師父又沒別的說話對象……沒有道德負擔又深知訣竅的人少之又少。

對殺手來說，低調不只是王道，還是不得不遵守的圭臬。

「說真格的，要賺這種死人錢，可快可慢，快的時候不見得就比較了不起。我說過了，要快，哪有子彈來得快？有時候你就是忍不住想問問自己，到底還能跟目標熟到什麼程度？可以騙得讓目標去做什麼荒謬到笑死人的事情？是不是可以跟他熟到，即使將整個殺人計畫和盤托出，目標還會死心塌地為你去死？這就是最高境界之上的最最高境界啦！」師父笑得眼睛都瞇成了線，眼角旁的魚尾紋深陷進靈魂裡。

「果然是師父。」我答，眼神肯定閃動著異采。

然後，師父會看著河面上的蜻蜓交配，假裝若有所思。

師父很喜歡裝作若有所思。

「多想事情，少開口。一開口就要騙人，真的是很累，要省著點用。我說你這兔崽子，看看師父，師父不說話裝想事情的樣子，是不是比起說話的時候更神更他媽的誠懇有學問？」師父說。

退休後，師父可以不殺人，但還是沒辦法戒掉騙人。要他誠實過日子簡直跟不抽菸同樣困難。

於是師父當了詐騙集團的首腦，騙錢是輔，騙人是真，偶而兼差教教後進，大家都叫他「騙神」，這可是宗師地位。

資質高點的小騙子，師父便教他做殺手。腦袋稍微不靈光的，師父才喚他做詐騙集團，搞刮刮樂還是報稅還是假電話綁架。不同層級。

我是師父親傳的第七名弟子。其餘之前的六個弟子在付清一筆可觀的學費後，就陸續被師父給推下樓，死得不能再死，而且保險受益人都是師父。師父是怎麼辦到的，我不會好奇。凡宗師都會留一手。至於我那六個無緣見到的師兄姐是犯了什麼忌被師父暗算，我也沒想過要問。

肯定是太笨。

我找不到更好的答案。

說不定我問了反而會死。每件事都有它的代價，這是師父教我的、最重要的事。比起什麼殺手的三大職業法則跟三大職業道德，都還要實在的東西。

「只是常常，我們看不到事情之後的代價。但你做了，就要承受。天經地義。你騙得過兩千三百萬人，卻過不了自己這關。這就是業。」師父少有的嚴肅表情。

此時師父會停止抽菸個十幾分鐘，看著自己曲折交疊的掌紋發愣，整個人像個乾癟的氣球，不住往骨子裡凹陷、崩塌。某個東西突然在瞬間洩出師父的身體似的無精打采。

「騙你的啦，哈哈！」師父再度點起香菸的時候，齜牙咧嘴的笑臉，彷彿剛剛的失神只是場戲謔自己的表演。

上上個月，我聽說師父得了肺癌，不過他還是停不住抽菸。他說，不抽菸，沒靈感，沒靈感人生就絕對完蛋。他自信連死神都能騙過。

如果我可以熬過今天晚上，我就有機會看見騙神跟死神之間的對決結果吧。

3

暫且將我師父擱下，回到我說的「錯誤的第一步」。

承襲我師父的諄諄教誨，跟接下師父留下的舊客戶舊口碑，以及最重要的，接收師父的舊人脈舊資源，我開張營業，做起智慧型殺手的勾當。

第一件案子的雇主，是黑道榜中榜裡排行第三的冷面佛老大。

我們約在死神餐廳。

「殺了他。」然後是一張照片。

冷面佛老大這種身分當然不是自己出面，而是底下的小弟打理，叫小劉哥。

小劉哥在師父退休前合作過兩次，結果當然是雙方愉快。這次找上我，也是託了師父的福，給新人一個機會。

工作關係，我學過一點面相方便辦事。我拿起照片，上面是個年約二十初歲的小毛頭，左看右瞧，在略懂面相的我來看，這孩子實在不像是個年紀輕輕就應該被宰掉的人。

「照片後面有他的電話跟住址，看起來很好殺吧？事實上這種事我們自己幹也行，只是……你知道的，老大有時只是玩玩，要叫弟兄冒險做事，實在是……還是交給你們專家。」小劉哥聳聳肩，神色間也頗不以為然。

「聲」為開口之初，「音」為停口之後的餘韻。聲音在相學上最是關鍵緊要，高明的相士只要聞聲便能推斷一個人的富貴、賢愚、貧賤、吉凶、禍福。小劉哥的聲音語未盡而音先絕、尾音不聚，言未止而氣已散，典型的當不了家，一輩子跟班命。

「沒問題。」我說，收起照片。

接單殺人，如果還要多廢話就不必當殺手啦！至於他是怎麼惹上冷面佛老大的，此刻也不忙問，因為我終究會在跟他裝熟的過程明白這點。

「你真上道，跟你師父一樣都是爽快的人。」小劉哥隨口讚道，也是語多不誠。但我可以理解，畢竟坐在這兩個位子上的人幹的都不是什麼好勾當。

我切著牛排，只想結束這場透過死亡出現的飯局。小劉哥也一樣，公事談完了，就只剩下索然無味。只是我倆盤子裡的牛排都還剩一半，可有得熬。

師父說得對，當兩人沒什麼話可聊卻又不得不一起做些什麼的時候，最容易從「沒話找話」的語句裡套出想要的各種答案，或關係。

於是我悶聲不管，任由小劉哥在接下來的十七分鐘裡，不由自主地聊起他小時候幹了哪些壞事，後來加入黑社會的過程，替冷面佛老大負責的業務，整天幻想要上的小明星等等。到了第十八分鐘，我們好不容易吃光了眼前的東西，我也對小劉哥的人生有了初步但也足夠了的了解。如果要偷偷殺掉他，我只需要再多三天的時間。

「小劉哥，有件事我不明白。」我說，吃著甜點。

「請說？」

「雖然我師父是箇中好手，但不見得要找我師父做事啊。我跟我師父都屬於細嚼慢嚥型的，換句話說就是拖拖拉拉，怎麼比得上像是殺手G、或是豺狼、或是西門那樣速戰速決的好手？」

雖然答案我早知道。但必要的時候讓對方回答一些他很了的問題，對方會覺得自己很行。當對方覺得自己很行的時候，就會對他能幫得上忙的人產生好感。行為心理學有份統計說，有百分之七十二的人，在人際關係處於上風時容易對處於下風的人產生同情性的好感。

我沒理由殺小劉哥，不過隨時練習套交情也不壞。

「殺人不見得趕時間啊！」小劉哥笑了，說：「難殺的目標有難殺的殺手做事，你們也有你們的市場嘛。有時候老大想殺一儆百，做事的時候就要幹得有聲有色，恨不得其他人不知道目標是被殺手做掉的，這樣才有警惕作用！」

看我不說話，小劉哥繼續道：「但大多數的時候，要宰人就只是不爽再看見這個人而已，其他的能低調就低調，誰也不想多惹事嘛你說是不是？」

「所以死掉的效果才是重點？」

「沒錯。而你師父最厲害之處，就是警方在處理目標死亡案件時都當成不幸的意外或自殺，壓根沒人想到是買凶殺人。這樣很好啊！用的手段可是很了不起哩！省下大家去警局做筆錄的時間。」小劉哥翹起二郎腿，豎起廉價的大拇指。

「過獎。這事交給我，包他死得沒人過問。」我微笑。

「你行的，有你師父掛保證嘛！這是前金，說好的一半。」小劉哥起身，拍拍我的肩膀，笑笑：「事成另一半我會直接匯進你戶頭，就這樣。」

走了。

我一個人在位子上看著照片，翻過去，打了通電話。

4

目標有個看起來很會唸書的名字，叫明賢。

花了一個月，我就成了明賢最好的朋友。

明賢只有一隻手，高職畢業後就考上公務員，在鄉公所上班，二十二歲，老實人，沒混過黑道，沾都不沾。兩個月前明賢用貸款買了一台車，這就是他倒楣的地方了。買了車之後，年紀輕輕的明賢就從兩隻手變成一隻手。

「怎麼斷的？」我看著明賢，他醉了。

「被砍的。」明賢邊醉邊哭，邊哭邊醉。

被砍了活生生的一隻手，可不是伐木工人幹的。是冷面佛老大。

明賢因為新手駕車，在加油站一個煞車距離沒搞清楚，不慎撞到排在他前頭、正在加油的凱迪拉克轎車。轎車裡，坐的正是冷面佛老大。

「那只是輕輕撞一下！我發誓，只是輕輕撞一下！」明賢哭得難以自己。

明賢的手錶習慣戴左手，現在左手被丟到垃圾筒，他只好將手錶戴在右手上，不習慣也得習慣。這可真是千驚萬險，明賢在哭的時候仍不忘強調這一點。

轎車後頭被輕輕碰了一下，冷面佛老大當時只是搖下車窗，笑笑說沒事，天真的明賢鬆了一口氣。但當天晚上，幾個黑幫小弟闖進明賢他家，當著他爸媽的面把明賢押走。幾個小時後明賢就躺在醫院的急診室，左手「無端端」消失。

至於為什麼明賢要將這件慘事說成「千驚萬險」？

「他們把我揍了一頓後，逼問我平常用的是左手還是右手，我騙他們說是左手，於是他們才把左手給剁了下來……要不然我還得習慣用左手拿筆啊！」明賢大哭，半張臉貼在酒吧台上，左邊的衣袖空蕩蕩地垂下。

「太殘忍了，簡直沒有人性。」我嘆氣，真心真意。

我理清楚了。

這的確是冷面佛老大的作風。稍有不順，就毀了那個人的人生。因為一件小事斷了人家一隻手還不夠，還小心眼地派了小弟觀察明賢，於是發現明賢私下竟是個道地的右撇子，冷面佛老大覺得受騙，一個震怒就下了格殺令。

好個震怒……有些人你花一輩子都惹不起。

如果我願意，等一下載著醉得不成人形的明賢回家的路上，可以有一百種讓他死掉的方法。理由都具備了：我成了個該死的殘廢，跟其他人其他事都無關。

我又嘆了一口氣。

「那麼，將來你打算做什麼？」我幫明賢把酒杯斟滿，示意乾杯。

「還能做什麼？根本沒有女人會跟一個殘廢在一起。我的人生……只要還可以活著就很滿足了……像這樣，偶而喝個酒……」明賢一飲而盡。

一個踉蹌，終於完全趴倒在桌台上，不省人事。

「不好意思，這是我的職業。每一行有每一行的規矩。」我拍拍明賢的背，將他握緊酒杯的手打開，把酒杯拿下。

我是真的於心不忍。

明賢是個老實人。酒吧一步都沒踏進過的那種。今晚還是我提議，藉我生日的因頭騙他到海邊的酒吧喝個痛快。這間酒吧沒有監視器，來的路上的監視器我都事先研究過，全都完美地避開。

神知鬼覺，但人就查不出端倪來了。

我攙扶著失去意識的明賢，慢吞吞離開煙霧瀰漫的酒吧，走到車上。關門，旋轉鑰匙，發動引擎，打開冷氣。

我載著一具即將成為屍體的醉鬼，然後慢慢尋找廣播頻道，看能否來上一段可以讓心情保持穩定的音樂。

「那麼……」

我陷入道德上的重大焦慮。

這並不是一個殺手該有的反應。但師父教我怎麼騙人，裝熟，以及怎麼不留證據地宰人以及讓他自己宰掉自己，就是沒告訴我一個人被我殺死的時候，我如何能不內疚。

說真格的，雖然花了一個月跟明賢混熟，但我並沒有把他當作是朋友。畢竟我是專家，騙人的專家，我在做事的時候可是要玩著心理學等伎倆，明白得很，沒有踰越了界限。

但，殺了一個不是朋友的「人」，就是讓我覺得怪怪的。更真切地說，非常難受。難受得我只好一直踩著油門，不敢停下來。

這傢伙，不管是不是我的朋友，他媽的真是超倒霉。莫名其妙在不對的時間跑去加油，接著就弄丟了一條大好左手。但代價還不只如此，幾個月傷口結痂出院後，有個窮極無聊的黑道老大還要他的小命。

真倒霉。

真的是超倒霉。

「有人一生下來，他媽的就是為了倒霉嗎！」我喃喃自語，油門越踩越深。

更倒霉的是，這件事還他媽的扯到我。好端端身為一個殺手，竟然要為了一點芝麻蒜皮的鳥因頭替自己開張大吉。

冷面佛老大是黑道裡有名的七天一殺。有時欠他高利貸只要拖過一天，也不必計利息，他隨便找個理由就可以把小老百姓給幹了。死在他的手中，根本不需要像樣的理由。

人命真賤，老天沒眼。

我越想越氣。混蛋，師父教了我許多技術課，卻忽略了殺手道德教育。馬的或許我根本不夠資格宰掉另一個人……做人不該是這樣，殺人也不該是這樣。

等等，殺手道德教育？

5

我的腦中浮現出每個殺手都需要牢記的三大法則：

一、不能愛上目標，也不能愛上委託人。

二、不管在任何情況下，絕不透露出委託人的身分。除非委託人想殺自己滅口，否則不可危及委託人的生命。

三、下了班就不是殺手。即使喝醉了、睡夢中、做愛時，也得牢牢記住這點。

我放鬆油門，車速在濱海公路的夜風中緩了下來。

然後，我想起了殺手的三大職業道德，可說是內規。

一、絕不搶生意。殺人沒有這麼好玩，賺錢也不是這種賺法。

二、若有親朋好友被殺，即使知道是誰做的，也絕不找同行報復，也不可逼迫同行供出雇主的身分。

三、保持心情愉快，永遠都別說「這是最後一次」。這可是忌諱中的忌諱，說出這句話的人，幾乎都會在最後一次任務中栽觔斗。

「只要不違反法則就行了嗎？」我靠著邊線停下車。熄掉引擎，下車點了根菸，心中盤算著該怎麼利用師父留下的資源去幹這檔事；該找誰，不該找誰；找了誰之後又該說什麼話，或者該給哪些好處去交換。以及最重要的，這麼幹的結果。

每件事都有它的代價。

我最不想要的代價，就是死。如果我可以不死，那就什麼都好談。靠著車門，我審慎思考了許多可能。許多狀況。反覆推敲。

菸在我的手指上虛偽地燃燒著裡頭的尼古丁，我一口都沒去抽它，放任它自生自滅。我並沒有菸癮，事實上我只在跟目標混熟的過程中有需要才抽菸。但我相信養成一些看起來可以幫助思考的習慣，對腦袋靈光的自信是非常有用的。「一點菸↓腦袋變靈光」的公式，反射制約地鑲在身體微薄的記憶裡。

原本只是烈烈作響的海風，不知不覺間涼了起來，大概降了一度吧。

少了城市上空橫七豎八的天線，海邊的天空看起來特別大，深墨色的藍自沒有邊際的海平線往上滲透。

我點了第四根菸的時候，竟笑了出來。我覺得自己是個不錯的人，感覺很好。

「我懂面相，你不是早死的命。」我看著兀自在車子裡呼呼大睡的明賢。不過別誤會了，我不是說我心地善良。他媽的一個殺手哪來的心地善良，我只是承受不起那種「自己為了錢什麼都做得出來」的感覺。要賺錢，不當殺手也可以辦得到。

當殺手，是為了別的。師父是為了實踐自己的騙人技術。

我呢？我當殺手是為了什麼？

用腦袋殺人需要技術。用腦袋救人卻假裝殺人的技術，只怕遠遠勝過前者。

聽起來真棒不是？技術中的技術。

明賢終於醒轉，他的頭似乎因不習慣宿醉疼得厲害，還想乾嘔。但我可管不了這麼多。

我把他拉出車外，用帶著寒意的海風最有效率地吹醒他，然後嚴肅地告訴這個沒了一隻手的倒霉鬼，我是個殺手。

倒霉鬼整個人都醒了。

「依照規定，我不能透露是誰雇我殺你，反正這種事你們自己都能清楚大概，不是嗎?告訴我，明賢，你想在二十一歲的時候就死掉嗎?」

倒霉鬼當然不想，害怕到全身發抖，兩隻眼睛一直不敢直視我。

如果我現在突然大叫，他準尿出來。

「很好，剛剛好我也不想殺你。但是相對的，這個世界上，每件事都有它的代價。」我誠懇地拍拍他的肩，但很快就收手，保持一個讓他安心的距離。

我開始一場我生平最棒的演講。

曾經有個讀大學、辯論社的朋友跟我說，他發現在辯論賽的時候，無論自己多麼雄辯滔滔，終究無法真正說服對方辯友。「但我們可以感動他。」他說。

但對我，對明賢而言，光是感動還不夠。

我得讓他打從心底了解自己的處境，最壞的狀況，以及我們的勝算。拿到明賢對我的絕對信任，我才能將我所有的籌碼都堆上，幫助他。

我花了半根菸的時間解除他的恐懼，花了一根菸讓他知道我可以為他做什麼，以及他自己該怎麼配合，然後花了兩根菸，讓他對「照做的話就不會死」這關鍵的一點，確信不疑。

虛與委蛇、油腔滑調是沒用的，誠懇才是一個騙子最大的本事。

當我在騙人的時候，用的是百分之百的誠懇。當我在救人的時候，我用的是百分之兩百的誠懇，因為我得使我自己也一併相信我嘴巴裡說的東西。

「從現在起，你已經不存在了。為了安全起見，你的家人也要接受這一點。等到過了幾年，我確定雇主得了失憶症或根本就翹毛的話，我就會通知你的家人跟你連絡。」我踩熄最後一根菸。

明賢露出難過又掙扎的表情，眼淚變得很重，重到眼眶無法含住。

從此他就是另一個人，叫張重生，姓不變，算是我對傳統習俗的讓步。

「記得嗎？每件事都有它的代價。」我伸出手。

明賢也伸出他唯一的右手，但愣了一下。

我伸出的是左手，所以不太搭嘎的兩隻手尷尬地晃在半空。

同時，我倆都笑了出來。

「活著，就有希望。恭喜你了張重生！」

擁抱。

6

我先安排即將叫張重生的張明賢先回家多跟家人相處，然後開始找人。

首先是全叔。

有人喜歡拼圖，有人喜歡拼布，全叔則是個在台北第一殯儀館，負責拼湊車禍屍體的快手，據說不管是多麼零碎的屍塊到了全叔手上，都能在三小時之內嵌湊出一個人樣。

全台灣每個月平均有十七具無名屍，大部分都是老人，男女比例二比一，貨源充足，死法各有巧妙。無名屍最後被家屬認領回去的比例很低，在冰櫃裡躺太久了，最後不是送去醫學中心給大體解剖，就是燒掉了事。

全叔是個啞巴，跟啞巴說話得用兩種語言。

我跟全叔說道理，說得通的全叔就點點頭，說不通的我就塞點鈔票，全叔還是點點頭，非常明理。然後全叔給了我一條沒有頭的無名屍，據說是在一場車禍裡搞丟了腦袋。那樣正好，我只需要再砍掉他的左手就正點了。

「全叔，你他媽的夠意思，以後我死了我也指明要你。」我讚道。

「……」全叔。

接著，我找了黑心但跟鈔票很有義氣的保險業務員「陳鈌德」，替「張明賢」保了一份壽險，受益人則填上並不存在的「張重生」，一串我剛申請的手機門號黏乎其後。

「不會弄出事吧？」陳鈌德冷笑。

「媽的怎麼可能！」我哈哈一笑，將一束鈔票塞進陳鈌德的手裡。

張重生不存在，沒關係，找對了魔術師就能變出像樣的兔子。

我跟在戶政事務所當主任的老同學「金絲眼鏡仔」套了三天交情，順便把他那河東獅老婆在賓館偷漢子的針孔照片送給他，希望他了解友情的真諦。

金絲眼鏡仔看了照片後喜極而泣，這下他總算可以大方離婚——然後不付一個子兒。大笑大哭一陣後，金絲眼鏡仔忙問我有什麼事需要幫忙的儘管開口。

「你說的？」

「我說的！」

但聽了我想要他幫忙的事後，金絲眼鏡仔嚴辭拒絕，並說只要合法的事他一定幫忙幫到底，這件事恕難從辦。

我沒說話，只是拿了一個牛皮紙袋給他。金絲眼鏡仔打開牛皮紙袋，裡頭是他花錢找援助交際的幾張模糊照片，跟一張光碟——裡頭有比照片更多的東西。

「她花名小嫺，本名叫李櫻嫺，今年剛考上高中，十五歲。」我點了根菸，遞給臉都煞白了的金絲眼鏡仔。

我不必提醒我的老同學台灣的法律長什麼模樣，他只是顫抖地抽著菸，閉著眼睛想事情。我沒有打擾他，畢竟每件事都有它的代價，我不能逼他，也不想逼他。我只是在適當的時候，輕輕推了他一把。

第三天，張重生從魔術師的帽子裡跳出來，變成一個活生生的人，有個虛構的父母雙亡的家庭，還有殘障撫卹金可以領到死。

萬事皆備，只差一場車禍。

我打點好警局裡的兩個個性垃圾但數鈔票絕不手軟的警察後，說也奇怪，沒有頭的張明賢就駕駛著剛買不久的新車以低速撞上一顆大樹，車子油箱破裂起火燃燒，一個大爆炸，失去頭又沒有左手的張明賢很遺憾沒辦法解開安全帶，就這麼從無頭鬼燒成焦炭鬼。

不幸中的大幸，死者有幾張證件沒有化成灰，警方就依據這微薄的線索通知家屬，然後趁著家屬悲痛欲絕，將無頭焦屍送往台北市第一殯儀館——交由全叔處理。

警方背書，保險金沒什麼窒礙就下來了，遠在花蓮的受益人張重生也因此有了一筆不小的金額計畫他的人生，還足以支付我幫忙打理這一切的必須金額，跟些許我推辭不掉的酬金。

就這樣，我「殺」了第一個目標。

一週後，我的銀行戶頭湧進了殺人的尾款，信箱出現一份編號NO.44的蟬堡。

這就是我入行錯誤的第一步。

7

現在你明白了，他媽的我入錯了行。

我就是沒辦法殺人，我很確定。因為我接到了第二張照片後，還是無法狠下心把照片裡的女人給推下樓。

快速交代一遍。那女人叫她小莉好了，平常在中山北路的酒店上班，但下了班就是雇主免費打砲的情婦，而這位雇主整天光說要離婚跟小莉遠走高飛，他媽的每個情婦都信這一套，小莉也不例外。直到某一天雇主的老婆繼承了一筆遠房親戚的大筆遺產（我想知道的事就會知道），於是雇主深怕小莉這位婚姻第三者會紙包不住火讓他富有的老婆發現，乾脆透過酒店圍事的小弟找上了我，先下手為強，來個殺人滅口。

「要不要由我出面跟小莉好好溝通，我保證她絕對不會再去找你。」

「不，我看還是殺了她。」

「相信我，我……」

「殺了她。」

我搞不懂為什麼非得靠殺人解決事情，混蛋，王八蛋，這個社會是不是瘋了？有些雇主硬是比我們當殺手的還要變態。先不管人命在宗教上或道德上有什麼意義，靠，這女人可是你睡過一千多次的「人」耶！你到底有沒有把她當作個「人」來看啊？為了一筆老婆剛繼承的一箱鈔票，就可以買凶殺了這個跟你相好千次、讓你抱怨老婆有多黃臉婆的「人」，真的是王八蛋大吉！

於是我很無奈，無奈到我在十樓天台跟小莉談心的時候，沒把她推下樓當超人，而是跟她坦承一切。照樣，我用我的誠懇跟謀略搞定了所有事，換來她一個痛哭失聲的擁抱。

兩個月後，無名屍少了一具，保險金多了一筆，名字銷去一記，最後這世界又多了一個新的名字。

不再叫小莉的小琦，被我安排到台南的小卡拉ＯＫ當摸摸茶伴唱，用保險金買了間舒服的小套房，日子過得挺好。這是我唯一感到欣慰之處。

整件事讓我覺得，自己像個人。還真他媽的很有意義的活著。

8

我想你一定可以理解這種複雜的感覺，這也是我將這封信交給你的原因。我跟師父一樣聰明，一樣愛騙人，一樣會將手邊的種種資源運籌帷幄到極致，但到了最要緊關頭的時候，我跟師父完全是兩種人。

別搞錯，我並不是認為師父是個冷血的壞蛋，師父不過是忠於自己的職業。殺手殺人，天經地義，任何人都可以理解。問題出在我自己怯懦，沒種，或是哪裡出了毛病，總之我就是沒辦法在跟另一個人混熟後，將對方送上西天。

我得花時間談談第三個case，依舊是很平民化的單。

雇主是一個在中學任職多年的老校長，目標則是一個自己開診所的腸胃科醫生，都是高級知識份子。一個高級知識份子之所以要殺死另一個高級知識份子的理由，比起一個小混混在路邊攤喝酒時不意瞥見另一個小混混正在打量他，於是只好殺死對方一樣，並沒有高明到哪裡去——理由都不像樣。

這位中學校長某天因為腹痛難耐，揣著下腹搭計程車衝到腸胃科醫生的診所進行治療，醫生研判是急性盲腸炎後立刻全身麻醉動刀。結果不幸的，這個中學校長並沒有打聽清楚。

這個腸胃科醫生有個怪癖，他酷愛在手術台解決他該做的手術後，順便檢查一下病人的麻醉狀況跟——他的生殖器。如果這個病人有包皮過長的毛病，勤勞的醫生便會義不容辭地拿起酒精棉沾上碘酒，來回塗抹昏迷病人的龜頭，然後切掉它。

等到中學校長甦醒後一小時，校長終於在廁所中放聲慘叫，並久久無法置信。「不另外收費，做功德嘛。」醫生笑著解釋，一副我人真好的模樣。

這算什麼?你想這麼說是吧。是啊，沒來由地給割掉包皮，真的是莫名其妙。而且中學校長都已經五十幾歲了，這種突如其來未經同意的手術根本就是羞辱他，我能理解。中學校長大怒之餘，卻發現自己在手術前慌亂簽的同意書中，第一行就是斗大的「本人同意在經過醫生的專業判斷後，同時進行包皮切割的手術」。這下可好，但這東西若打起官司，還有得拼，只能說是五五波。

「殺了他！」中學校長憤怒地拍桌。

此時我已經不太想掙扎了。這算什麼?明明就可以走法院路線解決這件事的，大家都是文明人，偏偏要搞這種人間蒸發的黑暗步數。

我原本以為校長的怒氣只是暫時的，但過了三天致電給他，他買凶殺死醫生的意念只有更加強烈的份，還強調他的下體因為失去包皮變得十分敏感，一碰到內褲就很想死，走路的姿勢畸形到學校老師都在背後嘲笑他。

「我說，殺死他！」中學校長關掉電話。

我對人性算是徹底失望了，唯一對人性的希望還得著落在我自己身上。

在兩個禮拜的哥兒們相處裡（唉，這工作真麻煩，期間我同樣失去了包皮），我了解到這位酷愛免費替病人割包皮的腸胃科醫生，他媽的人真的很有趣，雖然他的妻子受不了他的有趣在結婚第二個月就離婚，但這完全無損他對割包皮的熱情。

割包皮不只是醫生的義診項目，也是他人生最大的樂趣。他的房間裡有三只大玻璃瓶，裡頭的福馬林泡著數以千計的包皮，載浮載沈地十分壯觀，全都是患者不小心在其他手術中順便被割走的身外之物。

「天啊，沒人告過你嗎？」我感到一陣暈眩，連忙坐下。

「沒啊，有的還很感激我呢。何況要是有人不高興，我都直接賠錢了事。你知道的，蒐集郵票要花錢，蒐集古董更要花錢，我蒐集包皮，也沒抱著免費蒐集的意思。嘻嘻，你看，這個就是你的包皮，我認得出來！」

你說，這種人你還跟他計較做啥？他根本就活在自己打造的包皮星球。

有天深夜我們在一間日本料理店買醉，我假裝是鄉里調解委員會的成員，有次隨口提起中學校長那件事，包皮醫生（我最後為他取的綽號）也願意提出二十萬塊的民事和解，只是氣急敗壞的龜毛校長不願意接受。

「這件事讓我很內疚，差點就想結束營業退休算了，也反省了一下自己是不是腦袋有了毛病。幸虧，幸虧老弟你及時來割了包皮，讓我想起了割包皮的種種快感，來！敬你一杯！」包皮醫生舉杯，半醉了。

「敬包皮。」我苦笑，真拿他沒辦法。

最後我揭露自己的殺手本色，然後又是一場精彩絕倫的演講。

雖然包皮醫生一開始並沒有辦法想像到底是誰要殺他（記得嗎？法則二，任何情況下我都不能透露委託人是誰），不過在他疑神疑鬼想到兩年前一個揚言要殺掉他的竹聯幫老大的事（理由不外是，手術醒來，包皮突然被割掉了！），還有更多年前幾件不甚愉快的醫療糾紛。包皮醫生似乎陷入苦思，猶豫著什麼。

「我想說的是，我不會殺掉你。但在我一走了之以後，你一定會死在第二個殺手底下。相信我，這個世界上還有上億條大好包皮等著你的解放，你不能光站在自己的立場去想這件事，還得想想包皮的感覺。」我說，一飲而盡。

我成功了。不，包皮成功了。

縱使行醫這些年因為亂割包皮致使民事賠償花了幾百萬，但自己開業的包皮醫生還是存下為數頗鉅的一筆錢，足夠他一路割到一百八十歲。所以包皮醫生很熱情地將一場診所大火的保險金受益人改成我的名字，讓我受寵若驚。

全叔那邊搞定後，我透過菲律賓的損友為包皮醫生取得一份新的華僑身分，還附有完整的學經歷，讓包皮醫生可以在菲律賓行醫濟世，再接再厲割他媽的包皮。

一年後，我接到包皮醫生從馬尼拉寄來的明信片，裡頭說他現在在一間鄉村醫院專司割包皮，來者不拒，收費低廉，每天都喀喀喀割到手軟，手術的方式也時不時推出嶄新的創意，跟兩人同行一人免費的噱頭。最重要的，他壯觀的收藏正以不可思議的速度飆升。

「P.S.親愛的朋友，最後我想問的是，在我某天過世之後，你是否願意繼承我美不勝收的收藏？」信末，他這樣寫道。

那一瞬間，我幾乎要感動落淚。混蛋，我覺得自己他媽的是個人。

不過我還是拒絕了，在房間擺滿包皮這種事超越了我的底線。

9

說到收藏，我非常喜歡收集小盆栽，所以我將自己的殺手代號起名叫歐陽盆栽，裝他媽的可愛。至於為什麼要用歐陽起頭，則是一種對複姓的單純偏執，覺得他媽的比較屌，就跟另一個殺手西門差不多的道理。

不同於其他殺手的調調，在研判過我的工作並不具有特殊危險性，沒必要東躲西藏後，我在台北某處買了一層小公寓，在房間裡頭養了幾個小盆栽。

我喜歡收集小巧的盆栽，但並不是瘋狂地蒐購。這種東西都很便宜，沒什麼好搶購或比價競標的。因此我只是隨興養了兩百多盆，什麼都種，用我自己的分類方式散放在房子裡處處陽光可及的地方。

稍且離題一會兒。

幹我們騙術這行的，什麼書都得看，畢竟你不曉得下一個要混熟的目標是哪一種人，如果對方是個沈迷物理研究的老教授，就算不懂量子力學，他媽的我至少要懂得怎麼問量子力學的問題讓對方侃侃而談。多看書算是一種知識上的投資，不壞，我還挺樂在其中。有個文化人類學的研究讓我印象深刻，翻書講給你聽，說不準你可以把它寫進你的小說裡當個有趣的典故。

多布島（Dobu Island）是新幾內亞東南方丹特爾卡斯托（d'Entrecasteaux）群島中的一個島嶼，多布族是西北美拉尼西亞族群中分布最南端的民族之一。由於多布島是個資源非常貧瘠的爛島，各村落之間經常因爭奪資源處於敵對的狀態，慣於忌妒、猜疑、排外，他們沒有酋長，沒有政治組織可言，嚴格來說多布社會沒什麼合法性的觀念。為了稀少的資源，多布族人人互相敵視、互相詐欺，並使這兩種特性成了多布社會裡公認的「美德」。

笨蛋在多布族裡被認為是活該，腦袋沒有競爭力的人不足同情。在多布社會，一個人必須藉著欺瞞詐騙，才能獲得成功，受到讚譽，他們的文化也的確提供了種種方法與機會，多布人的生活完全以實現一些「把對方騙得死死的」這樣的動機為目標。

騙術是王道，多布人如果想傷害別人，絕不冒險向對方公然挑戰，更好的策略是故意奉承對方，加倍表現友善的態度。多布人相信在親密的情況下施行巫術，將更具效力，因此耐心等待最好的時機包含在騙人的技術內。即使是夫妻之間也是爾虞我詐、至死方休。也就是說，師父到了那種地方就會成為人人景仰的神。而我則會成為第一個酋長。

重點來了，非常喜歡騙人的多布族的民族性也反應在種植山芋上。山芋是多布族人主要的農作物，夫妻各用自己的巫術咒語使山芋成長，好笑的是，他們將山芋當作人看待，且跟他們一樣多疑。所以多布人會刻意保留一部份的山芋不施咒，但會當著這些未施咒的山芋，對著其他的山芋念快快成長好收成的咒語，如此一來，沒被施咒的山芋就會忿忿不平，認為沒受到主人的善待，於是出現「就算沒有你的咒語，我偏偏要長得比有施咒的要快」的想法，並努力成長好教偏心的主人大吃一驚。欲擒故縱。

當一個民族連植物都想騙的時候，身為一流騙徒的我也不禁肅然起敬。

看了這個人類學研究個案後，我他媽的很感興趣，於是在栽種盆栽的時候也使上了一點技巧。例如我將五種不同品種的黃金葛，三盆放在一起，讓他們有惺惺相惜的感覺，另一盆孤立在陽光底下，最後一盆放在陽光曬不到的陰暗處。擺的角度正好讓這三組黃金葛能夠看到彼此生長的狀況，看是不是某盆會有「奮發向上」的動力，或是某盆因為室友都是不認識的植物而導致自己覺得自己是畸形，死掉算了的情況。

又例如，我會故意忘記替某一盆玫瑰澆水，卻不忘天天道歉。故意在必須自行捕食蚊蟲的豬籠草面前，固定將我抓到的小蟲放進它旁邊的捕蠅草裡。故意整天跟種辣椒跟種花生的盆栽聊天說話，甚至起名字等等。總之，我樂在其中。所以我常常用心觀察這兩百株盆栽的生長狀況，與推敲他們的心情，作弄他們跟鼓勵他們，恩威並施。

但關鍵時刻，靠的還是誠懇。信不信，我曾經靠著誠懇的溝通，讓一盆生病垂死的西洋甘菊不再賭氣，活轉過來！

這些小傢伙絕大部份都生長得挺好，無論如何我這個主人花在他們身上的心思可真不小。如果他們長得太大，我就會開車上陽明山，將他們栽在適合的地方。孩子長大了，就該給他們更好的土跟陽光，以及最重要的，新的人生。

我他媽的囉唆，跟想太多。但我的生活就是這樣……人總得嘮叨自己些什麼。

10

當了殺手卻沒好好做事，我覺得很內疚。

虔誠的基督徒將每次所得的十分之一捐獻給教堂，當作贖罪。身為一個殺手，我選擇將每次假做事真放人的所得十分之一，捐獻給月的獵頭網站。月每次殺的人都有我的一份，次數多了，我也可以分享到參與感跟必要罪惡似的制約。

我固定捐獻給月的正義，也跟月交了朋友，兩人有時會在網路上聊天，交換蟬堡的電子掃描檔。我們尊重彼此的隱私，並沒有刺探對方什麼。但月是一個極其聰明的人，我認為他隱隱約約猜到我的行事風格。

有「騙神」稱號的師父何等聰明，很快就知道我在亂攪和，但也沒多說什麼，只是頗有深意地笑笑，嘴邊的煙霧將他半張臉埋在深不可測的屏障後。

師父的毫不表態讓我反而深感愧疚。我是師父的閉門弟子，也是唯一的弟子，有了一身騙人騙上西天的本領，卻沒有師父的辣手風範，讓我沒有臉面見師父。好一陣子我都忙著救人跟作弄盆栽，不敢去找師父聊天泡茶。

過了幾年，我接到的單子越來越多，我「殺」的人也越來越多。
就社會學的角度，從近年來買兇殺人的原因的結構性轉變，可以發現這個社會已經病入膏肓。一般民眾買兇殺死另一個平民的例子不勝枚舉，雖然冷面佛老大交下來的無厘頭單子還是佔了多數。
你問我，難道沒有目標拒絕我的建議，硬是想跟之後的殺手拼拼看的嗎？有，大概有四個。跟我的演講好不好沒有直接相關，而是他們放不下的事情我也揹不起，只能請他們保重。之後這四個人有三個還是被下一個殺手給幹掉，活下來的那個，是因為他搶時間雇了幾個殺手，將他懷疑是雇主的人通通幹掉，亂槍打鳥，還真的讓他矇對了——每件事都有它的代價，買兇殺人也被殺手殺死，我一點也不會同情。
其餘的，都在我東拼西湊的虎膽妙算團隊，努力運籌帷幄下活了下來。不痛快，但比死好。
「每一行，都有每一行的靈異事件。」師父說過：「幹我們這一行的，碰到的怪事特別多。這個時候就意味你到了思考退出的分水嶺。」
果然，我終於遇到非常扯的一件事。
「這次老大想殺死這個女人，又要麻煩你了。」小劉哥將照片遞給我的時候，我簡直沒把口中的茶水給噴出。

是小莉，不，現在她叫小琦——那個我放過的第二個目標，現在理應在台南的小卡拉ＯＫ店陪唱陪睡的小妞，怎麼他媽的又成了待宰之人？

狡猾如我巧妙地掩飾剛看見照片時的震驚，只是這次我直接問了小劉哥，冷面佛老大要殺死小琦的原因。

「說來真慘，老大去台南玩女人時叫了兩個小姐到飯店陪睡，這個女人就是其中一個。後來在房間老大做到一半的時候，這個小琦突然笑了出來，老大跟以前一樣當場沒有發作，但就是把她排上了七日一殺的單子上。」

玩女人……冷面佛是不太可能到小卡拉ＯＫ搞摸摸茶那套，所以叫女人應該從大酒店開叫。混蛋啊，我再三囑咐小琦不可以到大酒店上班，免得警方臨檢多，假身分曝露惹禍上身。聽這情況，小琦似乎沒有我想像中的安分。

「等等，突然笑出來？」我問。

「是啊，老大那天喝太醉了，好像舉不太起來……」小劉哥說了幾句就發覺自己太多話了，於是住嘴。

但小劉哥忍俊不已的表情，已經透露出這件事根本沒有轉圜餘地。

「所以，小琦就他媽的噗嗤一聲笑了出來？」我多問一句，回想小琦在還是小莉時候的個性。是有可能。

「總之這件事麻煩了，我想這女人應該很好殺吧？哎哎每次我將這種很好賺的錢推給你，心裡就不是很滋味。說真格的，要不是覺得被警方查到的後果我承受不起，我還真想自己幹這一票。」小劉哥將裝了前金的牛皮紙袋推給我。

我點了一下，數目沒錯。

「我專業，應得的。」我將照片收起。

11

這真是太荒謬了。有人被殺死一次，然後還要再被殺死一次的嗎？這種事偏偏發生在我身上，也只能發生在我身上！

省略掉裝熟的過程，我這次的任務顯然輕鬆多了。我打算打開天窗說亮話，火速把這件事解決。

我直接開車到台南，打了一通電話就找到了小琦。

「直接上來吧，我還要三個小時才上班呢。」小琦剛睡醒的聲音。

其實我心裡還蠻惱怒的，明明再三提醒過的事情卻還是忍不住要犯，搞得現在又要演一場戲，換另一個身分。何苦來哉？

社會學裡有個理論，在人際資訊發達的現代社會裡，人與人之間的聯繫，最多只隔了六個人的距離。也就是說，如果你想跟湯姆克魯斯攀關係，只要找對了朋友，這位朋友的親戚的朋友的朋友的親戚的朋友，就可能是湯姆克魯斯極親密的朋友。這個人際理論聽起來很好玩，我實驗過幾次，大多能在第三個或第四個朋友間就找到我跟原本是陌生人的目標的聯繫。

為什麼提這個理論？因為我他媽的很焦慮。

一個人換了另一個身分活在同一個世界裡，人際關係鏈斷了一次，不管多麼安分守己的人，人際鏈必定又會重生了一次，「兩個人」的人際鏈一旦以複雜的幾何圖形嵌掛在一起，「被發現是同一個人」的機率就會大增，所以我都再三提醒那些死又重生的目標活得低調些，畢竟剩下的人生是撿來的，絕不要想著引人注目。

而小琦，哎，這女人死了一次，現在又得再死一次，人際關係就會有三層！三層！更何況小琦的職業讓她的交際圈比一般人要複雜，這次又扯到冷面佛老大的黑暗勢力，下一次重生有九成不能再重操舊業。他媽的真的是替我找麻煩，這次硬搞下去，一旦被發現，我就得跟一個奉命要宰掉我的殺手決勝負。

媽啦！那樣的話我可九死無生。

小琦住在位於第七層的小公寓，電梯壞了（我看也沒好過），我沒有選擇只好氣喘吁吁爬上去。住這麼高倒是錯得厲害，如果有恩客要上樓打砲，走到了腳也軟了，小琦還得花一番工夫才能提振恩客的雄風。

七樓到了，我走到小琦家門口，整個愣住。

小琦家門口是個小走廊，走廊上有個小陽台，陽台擺滿了十幾株小盆栽。午後的南台灣陽光毫不吝嗇地灑落在這些小傢伙的身上，蒸散他們葉面上殘餘的水珠。仔細聽，彷佛可以聽見這些小傢伙輕輕呼吸的聲音。

我記得，小琦是個非常懶惰的女人。

一個懶到，決不會想要惹事的女人。

現在她開始在照顧小盆栽了。

我按門鈴。

「門沒鎖。」小琦的聲音。

我轉開門把，走進一個以Kitty貓為主題佈置的小套房，一片粉紅色的世界。

Kitty貓的熱水壺，Kitty貓的絨布地毯，Kitty貓的浴簾，Kitty貓的床頭燈，Kitty貓的置物櫃，Kitty貓的鞋架，Kitty貓的CD收納盒，Kitty貓的體重計……

「喝咖啡？」小琦穿著Kitty貓的連身睡衣，捧著剛剛泡好的三合一即溶咖啡。

「嗯。謝謝。」我說，接過咖啡。當然也是Kitty貓的印花馬克杯。

但我找不到地方可以坐，除了梳妝台前面的小椅子，但小琦正好就站在那邊。

「坐床啊，別在意。」她說。

「打擾了。」我有些拘謹地坐在床緣。

我的氣不知在什麼時候已經消了。是因為爬樓梯太累的關係？還是看見陽台上快樂的小傢伙？還是因為咖啡的味道其實還不錯？還是因為這房間裡，有股淡淡的女人香味……

我保持微笑的沈默。因為我剛剛悶在肚子裡的一番話，全都得靠一股氣將它們排泄出。而現在，馬克杯裡細碎的咖啡泡沫依著杯緣，靜靜地思考它們的即溶人生。

「不是單純來看我的吧？」小琦站在鏡子前，開始梳理她的細長秀髮。

透過鏡子，小琦的眼睛看著坐在床上的我。

我搖搖頭。

「我猜也是。你一次都沒有來看過我。」小琦說，但聲音並沒有抱怨的意思。

但的確，刻意跟重生之後的「目標」保持距離，是我的行事風格。應該說，人會理性分析自己的所作所為是不是「已經可以了」，我不例外。我認為我已經做到了我能盡力的部份，至於重生者之後是不是過得好，就不是我應該關心的範圍。最好的做法莫過於保持距離——我太清楚我自己。我不想讓這樣的事成為我的負擔。

「過得好嗎？」我問。雖然已經不重要了。

「五年了，這五年就像是撿到的，怎麼說都很好。」小琦的眼睛閃動著。

外表上，她不是個很性感的女人，卻有一種慵懶的風情，例如她的身上沒有濃郁的香水味，取而代之的是很小孩子氣的熊寶貝衣物柔軟精的氣味。我在酒店見識過她還是小莉時的那股慵懶勁，她給人一種若即若離的美，只要是正常的男人，都會願意為了拉近這個距離而付出什麼。

現在，五年了，小琦還是那個氣味。

我看著鏡子裡的她，思忖著該怎麼將這個噩耗用最合適的方式說出。

她笑了。

「我沒有那麼笨。」她轉身，看著呆呆捧著咖啡的我。

「喔？」

「在我忍不住偷偷笑出來的時候，我就知道自己的命不久了。」她笑。

原來。我不說話。

「我只是偷偷祈禱，冷面佛的單子可以交在你手上。」小琦走向我。

「對我這麼有信心？」我臉有點僵。

「我想再見你一面。」

「如果我這次打算殺了妳呢？」

「我想再見你一面。」小琦將我手中的咖啡拿開，放在地毯上。

「……」我無話可說。

如果我原本想殺了她，現在聽了這種話也只好改變主意。

何況，我已經沒辦法說話，什麼動作都使不上來。小琦的身子與我自然而然交纏在一起，用她最擅長的身體語言。

我不是個很重色慾的人，事實上我對女色的態度抱持著非常健康的思想。我的語言技巧跟騙術從來不用在搭訕女孩上床的份上，如果有人對我有這份誤解，肯定是不了解一個真正的專家對自己專業的道德堅持。我交女朋友，跟大家一樣。我跟女孩子分手，也跟大家一樣。

我沒有嫖過妓。

我相信，不，希望上床是需要感情的——不管是我之於對方或是對方之於我。而不是幾張簡單的鈔票。

小琦，這個靠出賣身體營生的女人，在她豐厚的唇貼向我微張的嘴，她的粉臂環抱著我的時候，她的濃郁鼻息傳來隱藏不住的炙熱訊號。

但我的腦中非常理智地閃過最簡單的兩個選項：要，或不要。絲毫沒有被排山倒海的荷爾蒙給沖昏。

我選擇了前者，理由很簡單。

當這樣一個職業的女人春情蕩漾對你獻出身體時，不管是她的職業，本能，還是其他種種，如果拒絕了——不管用的是什麼理由，她會怎麼想呢？傷害一個人自尊心的事，她媽的讓人渾身都不舒服。讓人難堪我最討厭了。

所以接下來的半個小時，我索性什麼都不想，也不顧忌，只是瘋狂地做愛。

在床單全都溼掉後，小琦還在發熱的身子依在我依舊劇烈起伏的胸膛上。男人理應在這個時候頭腦特別清醒，但我卻陷入紊亂。我無法分辨剛剛發生的一切，是一個職業妓女最擅長贈與的禮物，還是一個女人跟一個男人之間的衝動情慾……雖然這問題的答案也許並不如我想像中的重要。

她用很柔軟的聲音打破喘息後的沈默。

「這不是交換。」

「？」

「你現在還是可以殺了我，如果你原本是這麼想的話。」

「我沒這樣想過，我只是心煩意亂。」

我嘆口氣，摸著小琦凌亂卻很美的頭髮。她微抬起頭，慵懶卻又明澈的雙眼看著我。有那麼一瞬間，我幾乎說服自己剛剛那半個小時是場不可思議的夢境。

然後我很想說點什麼。

這些年我除了跟師父簡單提過一次，我從沒跟別人說過自己的事。

殺手沒有自己的上帝可以告解。我悶在體內的、躁動的靈魂一直都很壓抑。

「我叫歐陽盆栽，我是個殺手，如妳所見，是個割了包皮的殺手。」我看著她。

於是我從頭開始，將你這封信所看到的一切說給小琦聽。他媽的殺手法則全被我丟到九霄雲外去了，雇主是誰等等的我也沒有含糊帶過。完全暴走。

小琦大多聽得很專注，並不發問打斷我的說話。她只是偶而發出咯咯咯的笑聲，像表示她有認真在聽的意味。小琦因發笑而顫動的身體在我胸膛上輕晃著，不知怎地我覺得很想摟緊她一點。

等到我說完時，小琦才發問。

「難道都沒有該死的人嗎？」小琦說。

「有，當然有，例如我第七個目標，就是個愛玩人家老婆又偷拍裸照恐嚇的混蛋。第十二個目標也該死，他先把人家的左腳給打殘了，還廢了別人一眼一手。更不用說第十三跟第十九個目標，他們都是王八蛋。」

「但你都饒過他們了？」

「別誤會，我不是什麼好人。記得嗎？我是個殺手。只是如果我開始殺第一個人，我就會殺第二個，第三個，跟第一百個。但我挺喜歡現在的模式，儘管很變態，儘管我常抱怨自己，儘管我老是覺得很不好意思。小琦，我敢肯定，我是最變態的殺手。」

她笑了。

「何況，我覺得人，都應該有第二次的機會。」

「可現在我有第三次的機會。」

「我能有什麼辦法？」我也笑了。

她的唇再度封住我的呼吸。

於是，我們很歡愉地做了第二次愛，跟第三次愛。做到直到我幾乎沒有辦法下床為止。

小琦下了床就很懶，我又沒力氣（信不信我的手抖到連菸都拿不好），所以我們叫了比薩外送，然後在床上有說有笑啃完兩大片夏威夷，屑屑掉了整張床都是，但沒有人抱怨。

有人說，先有性是不會有愛的。

我想說這句話的人，一定沒有做過一場像樣的愛。

12

那幾天我們天天做愛，房間裡每個兩隻腳可以撐著的地方我們都搞過了。小琦不上班，我也沒有急著要殺誰，就這麼荒唐了一個禮拜。

另一方面，我氣若遊絲打了好幾通電話安排小琦的死，然後他媽的再製造一個新的名字。

「這次妳想叫什麼？」

「不知道。你說呢？」

「妳自己取吧，自己取的比較有意思。」

「不要，我要你給我取。」

「……」

我隨興在我的腦袋裡逛了一圈，迸出了一個很普通的名字。

「小敏。敏感的敏。」

「嗯，小敏。過敏的敏。」

我們用激烈地擁吻慶祝這個新名字。好不容易因過度缺氧雙唇分開，小敏用我看過最動人也最誠懇的眼神，看著我。

「我沒有辦法不愛上，給了我兩次名字的男人。」

她說。

我很感動。雖然是我應得的。

每件事都有它的代價。

也許我又殺又救了這麼多人，就是為了這一天。命運上的，精彩的偶然。

據說人只要活過像樣的一天，就可以乾坐著等死。朝聞道，夕死可矣，就是差不多的意思。但擁有了小敏一個禮拜，我只想一輩子都跟這個女人在一起，死掉的話一切就沒有意義了。在她的面前我沒有祕密。我不需要祕密。

然後小敏跟我說，在她還叫小莉的時候，就已經偷偷愛上我了。

「真的？」

「真的……你的手在摸哪？」

起先，只是單純的因為把命留下來的感激，於是當小莉變成小琦的時候，小琦便開始研究如何栽種植物。在我刻意跟她混熟的日子裡，她聽過我聊起我很喜歡跟小盆栽說話的癖好，而那時我還沒落腳，沒有固定的住所，只是象徵性地養了十幾盆在租來的公寓裡。

我送了兩盆小傢伙給她。一盆辣椒。一盆仙人掌。

無厘頭地養著辣椒跟仙人掌，倒也養出了一點想法。小琦心想，或許有一天可以送我幾只她精心栽養的小盆栽，當作是謝禮。於是她一脫個性上的疏懶，天天花心思照顧這些小傢伙。

「跟另一個人培養同一種嗜好，是非常危險的戀愛信號。」我說，心理學。

「可不是。尤其一直等不到你的出現。」

是的，我越不出現，小琦就越無法中斷對小盆栽的澆養，也擁有越來越長的，對我的思念。從單純的感激，養成了愛——小琦就這樣，莫名其妙愛上了一直沒有出現的我。

聽起來很玄，不過愛情有一千零一種的經歷方式。相信就會成真。

「但妳這麼懶，養這麼多不同的小盆栽又這麼煩瑣。」

「喜歡一個人，就要偶而做些你不喜歡的事。」

是啊，多麼淺顯易懂的道理。充滿了愛的句子，外表總是稀鬆平常的。

一個月後，小琦死了。死因是遭不知名的酒店客人用硫酸毀容，一時想不開、悲憤地從天台跳樓自殺身亡，唯一的善行是留下一筆壽險給來自印尼的華裔表妹。小琦死的模樣之粉身碎骨，包準經過的路人天天做惡夢，就連全叔也只是隨便用袋子包一包就燒掉。

至於小敏則搬進了我的公寓，與兩百多只小盆栽同居。

我們花了一點錢動了一些整型手術，讓小敏變得更漂亮，漂亮到擁有另一個名字也不奇怪，如此一來就可以擁有更多的行動自由。

小敏當然不必去那種場所上班了。我不是看不起煙花女子，但煙花女子欠的是錢，而不是欠幹。我賺的錢夠花，又都是良心錢，所以小敏只要跟我一起把盆栽養好就是了。

「如果妳想開個店或什麼的，就去做吧。只是生意別搞得太有聲有色。」我說，怕小敏無聊。

事實上小敏也很難無聊，因為忙著懶。

我這份工作有的是時間，不工作的時候我懶得出門，因為腿軟。費神又費力地做愛後，我們總是窩在家裡看一整天的ＤＶＤ，或是澆他媽的一天的水。

「我們生個寶寶吧？」

「殺手跟妓女生的東西，一定很妙。」

「東西？別這麼說，我還沒聽過哪個被我殺死的傢伙咒我生的兒子沒屁眼呢。」

「而且包皮也有人訂走了，喀擦。」

你說，這個女人是不是棒透了？是不是跟我天生一對？他媽的我說是。這種問題都要你同意了才作數，才是真正的蠢。

然後，我考慮起退出殺手這行的可能。

13

一旦抱存著「退出」這兩個字，我對每一次接單殺人都格外地珍惜。

半年內，我的思慮達到前所未有的縝密。

我比之前都要更勤快接單，佈置一切的手法也越來越精巧，重生的品質有時居然也比目標先前爛活著的時候還好。

請原諒我無法在這裡將詳細的祕訣和盤托出，但他媽的，我真的是個奇才。

這段時間我宰七生七。

一個錯上了老大女兒的白爛混混。

一個把集資購買的中獎樂透彩卷弄丟了的健忘婦人。

一個出賣收賄派出所長官的正直警察。

一個黑吃黑賭場卻失手露餡的過氣老千。

一頭被丈夫遺棄的五十歲河東獅。

一個槍拿不穩、誤殺自己堂口弟兄的小混混。

一個老是在深夜唱那卡西吵死鄰居，在里民大會中無異議通過將被人間蒸發的破嗓臭老頭。

全都是白爛。

「但白爛還不構成一個人消失的理由……但白爛兩次就很難說了，加油。」

我說，藉此勉勵重生後的他們。

這就是我對於他們來說，苟延殘喘的意義。

14

「永遠別說這是最後一次。不吉利。厄運不會在這個時候敲門。」

師父的嘴角流出濃霧，高深莫測地說：「它會在背後偷偷推你一把。」

在我有了退出殺手這行的想法後，我硬著頭皮去找師父。師父現在已是肺癌第三期，距離死神的鋒口只有短短幾個月的踱步。

為了「騙過死神」，師父花了大把鈔票住進醫院的心臟血管科的加護病房（而不是他媽的安寧病房或癌症病房！），並且換了兩次名字。但師父的菸還是照抽不誤。一個人病到這種地步還堅持自己的路，我無法置喙。

此時身體虛弱的師父已經與輪椅合而為一，就像蝸牛得揹著個殼走動。我推著輪椅，與師父到醫院的頂樓天台呼吸新鮮空氣。

頂樓視野極好，風很大，可以讓師父手上的菸多少燒得快些。

「我知道，我得完成我最後的制約。在那之前，我還是會恪守我殺人的本分。」我說，蹲在師父腳邊，抬起頭，看著高高在上的師父。

「你那也叫殺人？哈！」師父笑了出來，皺紋擠在眼角下。

「真的很抱歉，讓你失望了。希望你騙過死神後還有時間收新的徒弟——真正會殺人的那種。」我苦笑，但沒有真的抱歉。

師父莞爾。

很久很久，我們師徒倆只是各想各的事，不說話。

風在大廈頂樓間來回吹襲，那低沈刮徊的聲響替代了很多東西。

「歐陽啊，你的制約是什麼？」師父沒有看我。

「從你手上贏得騙神的稱號，或者……」我沒有看師父。

「？」

「殺了你。」

師父笑了出來，我卻沒有笑。

「你說謊的時候，有個破綻你自己並不知道。」

「只要你不告訴賭神，我就有機會贏他。」

師父愣了一下，難以置信地看著我。

有那麼一瞬間，就因為師父露出這種表情，我心裡升起一股快感。

「有那麼驚訝？」我抬頭。

「小子，你這一注下得太大。」師父嘆氣，嘴角卻流露出驕傲的上揚。

是啊，是不小。

殺人雖然也是一種職業，但我們所做的事畢竟見不了光，算是在黑暗界裡打算盤。所以有些從前輩們不斷傳下來的告誡、穿鑿附會的傳說、絕對不能觸犯的禁忌，數不勝數，有人信有人不信，如果照單全收就太累了。

但殺手的三大法則與三大內規被所有同行奉行，就變得他媽的邪門。

每個殺手在執行第一次任務之前，就要跟自己約定「退出的條件」，只要滿足了這個條件，屆時不想幹了就能全身而退。

我退出殺手這個職業的制約，就是「在賭桌上，用騙術贏走賭神的錢」。

很無厘頭吧？但也不是毫無道理，只能說太過自信。

當初師父會走上職業殺手這條路，就是因為師父在年輕時一場風雲際會的賭局裡，與「那個男人」較量撲克牌時輸光了家當。從此師父只能成為一個老千，也願意只成為一個老千，然後目睹那男人拿走「賭神」的桂冠。

師父不管再怎麼騙，腦袋再怎麼靈光，都改變不了那個男人在賭桌上，神乎其技的快手，與犀利如針的雙眼，和君臨天下的氣勢。

賭神與騙神，就像光與影的王者。但後者永遠只能棲伏在黑暗裡。

「所以，你現在要去找賭神了嗎？」

「不，我還不夠格。」

「喔？」

「如果我連這點都不明白，那就更沒指望贏他了。」

師父點點頭，默認了我之不如賭神。

「我來找師父，除了是想跟師父說聲他媽的抱歉，主要是想聽一個故事。」

「喔？」

「師父，你是怎麼退出殺手這一行的？」

「我早就知道你會問我這個問題。怎麼？覺得有什麼參考價值嗎？」

「聽聽不壞。他媽的，我承認我很好奇。」

我笑，師父也笑了。

師父點燃一根新菸，用焦黃的指甲小心翼翼夾著，含在嘴裡，深深吸了一口。

然後半張臉又隱藏在白濁色的菸氣中。

15

她是個沒話說的好女人。

奶大，腰細，腿長。能袖善舞，風姿綽約。

而且還是個超會賺錢的酒店媽媽桑。

我奉了對頭酒家的單，要取她的性命，因為她實在是太會招徠客人，更是小姐心中的好大姊。門庭若市，酒色生香，附近三間酒店的小姐又一個一個跳槽到她那裡。愛煞她的人多得擠過一條街，有理由要她死的人可也不少。

老樣子，我假裝是個情場失意的中年古董商，到她的酒店買醉。

才跟她裝熟到第五天，她就被我拐上了床。要知道，這位媽媽桑可不是用一箱鈔票就可以抱上床榻的女人，我幾乎是所有把戲傾囊而出。銷魂的滋味讓我差點就愛上了她。

後來，我們同居了一個月。

那陣子我們醒來就是搞，搞完了吃，吃完了再搞，然後當然是搞到想睡了。我說這種生活非常充實，她也說她愛死了這種日子。

「你能理解嗎？」

「能。」

但我還是得殺她。

因為我是個殺手。

就在一天，我們又搞得連床都差點爬不上去，我暗暗下定決心，不能再拖下去了，再拖下去，我肯定會因為搞同一個女人太多次而愛上她。

計畫很簡單。我打算在她熟睡後，用瓦斯洩出讓她舒舒服服地上路。粉紅色的皮膚會很適合她。

但就在我們呼呼大睡前，她貼心地溫了一杯熱牛奶給我，我笑笑喝了。

「你打算今天晚上就做事，對嗎？」

她一副慵懶迷死人的樣。

我愣住了，媽的這娘兒們居然識破了我的身分。

是什麼時候的事？怎麼可能？

「你剛剛喝下去的那杯牛奶有毒。不過別問我，我不知道還有多久藥力會發作，但你可以開始說些貼心的，道別的話了。因為我沒有解藥。」

她嘆氣，眼睛裡閃動的淚光不像是假。

聽到她這麼說，我心裡反而踏實。至少，我不必殺她了。

一個殺手如果臨死前都還在堅持什麼殺手的本分，就實在太悲哀。人都要翹毛了，還要帶另一個人走，稱不上是職業道德，只是過度寂寞。寂寞得太變態。

我鬆了口氣。

「怎麼？」

「殺手殺人，天經地義，最後的下場是被幹掉，也是天經地義。」我躺在床上，點了根菸。「而且這個月活得很夠本，沒什麼好抱怨的，老天爺待我不薄。」

「你不問我，我是怎麼知道的。」

「不問。」

她將眼淚擦去，擠出一個笑，將她的美腿盤起，坐在我腳邊。

「你說夢話。」

「不可能，這點我訓練過，非常確定我連說夢話都在騙人。」

她沒反駁，只是看著我抽菸，一雙眼睛充滿了連我都猜不出的表情。

說真的，我沒有怨她。

每件事都有它的代價。

今晚她如果不殺了我，我肯定將她變成一具粉紅通透的屍體。

我失敗，代價不是我死去，而是她活了下來。

這是她的本事，我的代價。

「當殺手真的這麼有趣？還是這種錢非常好嚒，又可以到處上床？」她低頭，看著她漂亮的指甲。

我最愛吮她的指甲。長度適中，白皙的甲色透著淡淡的粉紅，美女的表徵。

她總是很驚訝我喜歡幫她搽指甲油，老被我小心翼翼為她塗上指甲油的模樣逗得咯咯發笑。她認為這不是一個大男人應該做的事。

「錢早就賺飽了，只是還沒達到我當年許下的約定，所以沒想過要退出。」

「不吉利？」

「不吉利。但現在的狀況也好不到哪去，哈。」

我說，摸著肚子，想著那藥不知道還有多久才會開始燒灼我的胃。

她將我手上的菸拿走，自己抽了起來。

「你不當殺手的約定是什麼？」

「如果我的騙術到了，若我承認自己是殺手，並坦白將殺死對方的計畫告訴目標後，對方竟會無願無悔自己殺死自己的境界，我就不需要幹這一行了。」

「不需要？」

「我殺人，只是用最激烈的方式證明自己的騙術，而不是喜歡殺人。」

「從來……就沒出現過這種人嗎？」

「哈。怎麼可能？」

我說，起身親了她的鼻子一下，然後走下床，穿起外出的衣服。

「做什麼？」她不解。

「幫妳省下搬屍體的工夫哩。」我套上鞋子。

我的胃開始有些燒灼感，但並不強烈。粗率地估計，我至少還有十五分鐘的時間可以走到大街上，靜靜坐在消防栓上抽根菸，寂寞但滿足地死去。

適合我的死法。

「走之前，可以再幫我搽上指甲油嗎？」她說，伸出修長的美腿。

我搖搖頭。請原諒我想靜靜享受孤獨的一根菸的時間。

緩緩拉開門，我一腳踏出這胡天胡地的美人窩。

「你愛我嗎？」她依舊坐在床上，秀髮如瀑。

「我很慶幸，今晚在美夢中死去的並不是妳。」我紳士地微微鞠躬，微笑關上門：「晚安，親愛的。」

沒有更好的回答了，我想。

我不疾不徐下樓，免得血行加速了毒藥的發作。一邊點燃手中的菸，口哨吹著我最熟悉的How wonderful you are。

走出她的公寓，輕徐的晚風沒有將我的腳步留住。

我隨興走到附近一處公園，想找個地方坐，發現一個用紙箱蓋住自己的遊民蜷在長椅上，腳邊還有個空。

我坐下，爽朗地看著天上的星星，無可避免地回憶自己的一生。從少到老，能用騙的，我絕不用努力換取。考試無一不作弊。當兵裝病驗退。靠詐賭贏得鉅富。虛設人頭公司脫手獲利。在賭桌上失去了面對陽光的機會，走進了歌頌黑暗的死亡蔭地。殺了六十四個人，自己成了第六十五個。

「簡單易懂的騙徒人生。」我這麼註解，覺得還不錯。

從口袋摸出一張假名片，我將這句話寫在上頭，希望能作為墓誌銘。

手中的菸不知不覺燒盡，胃的燒灼感卻沒有加劇。

相反的，那燒灼感越藏越深，不知道是不是漸漸痲痺了，還是要接著在其他的部位發起不同的化學反應？總之，暫時死不了。

剛剛已將人生想過一遍，據說人死的瞬間還會迴光返照，將自己的過往快速倒帶一次。所以總共是兩次，真是要命。我竟等得有些無奈。

至少還可以再抽一根菸。

我從懷裡掏掏摸摸，努力找出一根乾癟壓壞了的菸。

看著夾著菸的焦黃手指，我想到了她。

如果她不是我的目標，只是單純的我的女人，我的人生又會看見什麼風景呢？我笑了出來。那風景我光是想像片刻，就覺得非常飽滿。

……早知道可以撐這麼久，剛剛就幫她搽指甲油了。

「真可惜。」

我打開打火機，撥轉火石。

喀擦。

火光瞬炬一線，一個奇異的感覺射進我的瞳孔。

胃已經不疼了。

取而代之的，是一股涼意從背脊直滲而上。

「很難受吧？」我嘆氣。沒有別的可能了。

「何止。」師父很平靜。

等到我用最快的速度跑回公寓，衝上樓的時候，她已經沒有了氣息。

床頭有瓶空無一物的安眠藥，她睡得很熟，懸晃在床緣的手指，還輕輕夾著沾滿指甲油的小刷。

剛剛門根本沒鎖。她一直在等我回來。

她一直在等我，發現我的胃痛只是廉價的戲弄。

她一直在等我，發現她對我的愛，已經到了即使我想殺她，她也願意無願無悔地死去的地步。只要我不再當殺手，她什麼都願意犧牲。

只要我對她之於我的愛，有一絲一毫的信心，我就可以及時回到她的身邊，將她十萬火急抱進急診室催吐、洗胃……最後解除我的制約，飽滿我剩餘的菸霧人生。

我呆呆看著她熟睡的模樣，腦中只有一個空白的念頭。

……我沒有幫她搽指甲油。

16

「我也會說夢話。」

「嗯。」

「我說夢話的時候，同樣也在騙人。」

「很好。」

我看著師父。他比起十五分鐘前，似乎又要更蒼老一些。

「但我在小敏身邊睡覺，說夢話的時候，沒有說過假話。」我聳聳肩：「後來我上網查了一堆心理學跟夢解析的資料，那些東西告訴我如果跟非常信任的人一起睡覺的話，腦波會非常平靜，睡得比平常更沉。我猜，這就是我在小敏身邊說夢話一點也不假的原因。」

「但我顯然不夠信任那女人。」師父莞爾。

「不見得，應該說那女人玩得有些過火了。每件事都有它的代價。」我提醒。

「每件事都有它的代價。」師父蒼老地笑了。

突然，我也明白了。

全都豁然開朗，空氣一下子清爽了起來。

「所以，師父，你根本就知道我不適合幹這行。」我恍然大悟。

「錯，錯之極矣。你非常適合啊臭小子。我身上的債，全仰仗你幫我還清了。」師父得意地笑了，瞬間又年輕了十歲。

原來，在我之前的幾位師兄姐，之所以被師父給一一推下樓慘死，不是因為他們騙術不到家，而是他們的騙術只有一個殘酷的單面向。

水可載舟，亦可覆舟。

騙術殺人，翻手活命。

師父教授我人性四年、騙術一年，卻沒有跟我多說什麼。身為騙神的師父，早就看穿我的個性，深知我對人性的忍耐極限。

他只是教，然後等。

騙慘了我。

「他媽的，我真的沒辦法青出於藍。」我失笑，好險我還蠻有幽默感的。

師父抖弄眉毛，神色飛揚。看得我的心情也跟著開朗了起來。

「從剛剛到現在，我都沒有咳嗽吧？」師父將只剩微光的菸屁股丟下樓。

「是挺神奇。」我承認。

「我覺得，我快騙過『祂』了。」師父的手指放在唇邊，細聲道。

「小心祂不讓你死於肺癌，而是他媽的其他病。」我推著輪椅，是該讓師父回心臟科的病房休息了。

「人不能太貪心，騙過死神一次就很了不起了。」師父閉上眼睛。

「才怪，以前的師父會說，當騙子就是要貪心，不貪心怎麼當騙子？騙過死神一次是很屌，但唬弄死神兩次，那就是經典了。」我說，拍拍師父的肩膀。

「師父，你負責騙贏死神，我負責騙垮賭神，就這麼約定。」

「就這麼約定。」

17

就在去醫院探望師父的一個禮拜後，我已透過關係取得了麗星郵輪限定乘客身分的賭賽票。過兩個禮拜，我就會以一個百貨業小開的身分登上郵輪，在公海上與賭神用撲克牌一決勝負。

是的，我對師父撒了謊。

雖然我不認為我的「賭術」可以在幾呎間的桌子上騙贏賭神，但騙術有精妙之處，也有它的氣魄。最後將籌碼一股腦推出去的動作，所需要的心理素質絕不只是單純的、理性分析後的結果。

我暗中蒐集了賭神所有可能被查到的資料。他的成長背景，念過的學校，被當過的科目，背棄過的朋友，受過的幫助，交往過的女人，偶而賭輸一兩局時各家的握牌狀況，丟籌碼加注時的表情錄影帶等等。

對我這種騙徒來說，事先搜獵目標的資訊極為重要。但如果我想進入另一個境界，我就必須很清楚，統計歸納後的資料結晶，在我與賭神實際決勝負的時候可能完全翻盤，而這種瞬間崩裂的逆擊將對我造成無法挽回的心理創傷。

賭神之所以為賭神，除了他的眼力與快手，更重要的是他在最關鍵時刻完全不可捉摸，對手先前所得到的「賭法側寫」，將變成困惑對手的迷霧。

閉上眼睛，我常推演著各種狀況。

我的腦中已經存檔了幾個對決模式的方案，但我相信一定會遇著所有方案都失效的絕境。那無妨，我擁有可和騙術與之抗衡的自信，我信任自己能夠在那個時候想出第一千零一個妙到顛毫的出牌方式。

為了放輕鬆，我在搞累時也會請小敏跟我玩牌。

我費了很大的精神才教會小敏「詭陣」的玩法。

抱歉，我忍不住想提提「詭陣」這只有真正賭術行家才了解的東西。

在以前還是以撲克牌「梭哈」決勝負的國際賭賽，許多賭術行家紛紛栽在運氣不佳，或是籌碼先天不足的情況。雖然「梭哈」還是擁有許多的技術層面在裡頭，但非技術因素的干擾還是太多，使得財大氣粗的賭客明顯佔了優勢，往往最後誕生的賭神，根本就是個擁有半個國家的巨賈，或是運氣好到恰巧拿了副打死福爾豪斯的同花順。

所以名為「詭陣」的新玩法出現了。

「詭陣」包含的戰術應用、牌型變換、邏輯推算、與心理技術，達到了前所未有的境界，這個境界強悍到，只有最厲害的賭徒（或者數學家）才有資格、才有能力參與其中。

怎麼說？如果你看了以下的規則如果不暈頭的話……

基礎規則：

一、參賽者四人，決勝負的規則以「梭哈」為基礎。

二、拆開全新的四副牌，去除八張鬼牌，再經過徹底洗牌後，由四位參賽者隨機選出五十二張牌，最後再加入兩張鬼牌。共計五十四張牌。（也就是說，裡頭可能有十六張七，或十六張老K，如此類推。）

三、每個人都可以從廢棄的牌堆裡，挑選十張觀看。玩家得以自行決定要不要跟其他玩家公開分享這些資訊，但不能私下交換情報。（也就是說，你至少可以知道哪十張牌不在「詭陣」之中。也由於每個人得到的資訊不一樣，所以掌握的資訊籌碼也不同。）

四、鬼牌可以當作任何一種牌型，不限花色大小。

五、擁有鬼牌的玩家可以放棄使用鬼牌的權力，強制命令特定玩家必須換掉某一張特殊指定的牌，透過發牌員重發（此權力包括換掉底牌）。此時用掉鬼牌的玩家則亦由發牌員手中取得新的一張牌（這種權力必須在最後開牌前使用，若執行強制換牌，則有跟注到底的義務）。

六、擁有兩張鬼牌的玩家，可以提出中止該局比賽，籌碼則如數歸還所有玩家。

七、雖以梭哈的方式逐一發牌、叫注（鬼牌直接叫注），但每一次發牌員發牌給玩家時都必須蓋住牌，供玩家先行檢視。玩家在蓋牌情況下可彼此交易該張牌。

八、玩家在交易蓋牌時可以指定特殊玩家（也可以公開叫嚷，由其他玩家自行決定要否進行交易），亦可限定需要的花色，但不能限定來牌的大小。

九、一張蓋牌僅能交易一次。底牌不能交易，因為底牌象徵玩家的本運。但底牌是鬼牌時，則可以執行強制踢牌。

十、此局結束，繼續以同樣的五十四張牌接著玩下一局，並不重新拆新的四副牌重新挑選。同樣的，擺在玩家面前的十張密牌也不做更換。

勝負規則：

由於「詭陣」使用的牌型迥異於一般的五十二張牌，相同的牌極多、或有些牌根本就被抽光並不存在，所以在細部的規則裡也做了有趣的調整。

一、五張相同數字的牌，稱為「連環馬」，連環馬勝過任何一組同花順。

二、數字相同的連環馬對決時，比如遇上了五張J對上五張J，則視手中五張J的花色相同最多者贏。四張黑桃J勝過三張紅心J加一張黑花J，以此類推。

三、最強的牌是四張相同數字又相同花色的牌，再加上一張鬼牌，所以等於五張相同花色又同數字的夢幻組合，稱為「鉤鐮槍」。若三張相同數字又相同花色的牌，再加上兩張鬼牌的話，也是「鉤鐮槍」。

四、牌型的意義大過於機率。也就是說，即使詭陣會遇上同樣花色卻一樣的數字牌組合成的牌型，但彼此在較勁勝負時，仍以叫得出來「最大的名稱」為基礎，不以實際機率發生的大小為準，因為實際的出現機率在詭陣的玩法下根本不可測知。（舉例來說，三條贏得過任何同花色組合的雙對。但若同樣都是福爾豪斯，則接著比較花色的統一性。若福爾豪斯都是同樣花色，或是帶頭的三張牌同樣花色，則牌型大過普通的福爾豪斯，不管後者在數字上有多大，但在規則上，同色福爾豪斯仍輸給任何一種鐵支。）

五、如果出現兩個玩家都擁有一樣的同花順時，則雙方平分贏得的籌碼。

合法的違規：

一、玩家須將私自觀看用的十張牌好整以暇放在面前，但可以在其他玩家都沒有發現的情況下，冒險用快手替換掉手中競局用的牌。該局結束後，此違規並不回溯。

二、如果玩家指控另一玩家作弊換牌，發牌者將封牌，並調閱監視錄影帶檢查是否有違規情事。

三、如果違規屬實，該作弊玩家須將手中剩餘的一半籌碼，送給發現的玩家。若違規非真，指控作弊的玩家須將手中剩餘的一半籌碼，送給被指控的玩家。

四、以任何方式在牌面偷偷做記號都是被允許的，除非遭到檢舉確定，發牌員得須更換新牌。

防富條款：

所有人的籌碼都相同，不得自場外自行添進籌碼。

禁止無限制提高加注，最高加注為底金的十倍。

局數條款：

以不吉利的「十三」為決勝負的總局數。

若玩家在十三局前就將籌碼用罄，則須立刻退出。

若現場還有自願的第五人，則可在玩家退出時攜帶新的籌碼加入未結束的牌局。若沒有自願者，則由剩餘三人繼續競賽。

正式賭神賽的死亡條款：

十三局結束，擁有最多籌碼的玩家者勝，最輸的玩家必須當場飲彈自殺。由於最輸家的代價是死，所以某程度上可避免串通作弊的狀況。最勝者，贏得賭神桂冠。

簡簡單單，十三局的「詭陣」有多厲害？

詭陣第一次在世界賭神大賽登場時，前前任賭神高進在最後三局狂輸不已，被逼得舉槍自盡，結束他愛吃巧克力的一生。

第二年，非常喜歡用特異功能偷換底牌的賭聖，也因為在第十一局承受不了壓力，藉故如廁尿遁，從此不知所蹤，再沒變過一張牌。

詭陣的恐怖之處，在於沒有人可以在一開始就知道大家賭命在玩的牌是哪些，資訊最快必須在第五局之後才會出現些端倪，但遇到兩個以上很會隱藏資訊的行家，有時到了第十局所有人才大致了解牌局的內容。

要是有玩家利用快手在其中一局盜換了眼前的廢牌，那麼牌局的內容就又會改變。一遇到有人用鬼牌出些花招，簡直就是要命的疑神疑鬼。若「鉤鐮槍」出現，幾乎就意味著其他人心理素質開始崩潰的起點。

沒有人確定「詭陣」是誰發明出來的，所以在高進死後，什麼「詭陣是來自地獄的玩法」、「不祥的遊戲」、「死者的靈魂將永遠困在詭陣的困惑裡」的怪異謠言都跑出來了。

一般的賭場根本不碰「詭陣」，也碰不起，太花腦筋了。但去除掉死亡條款的詭陣賽卻在菁英賭徒或高級學術圈間頗為盛行，有個在拉斯維加斯贏得詭陣賽美洲冠軍的新興賭王，竟是所有賭徒都料想不到的，還在麻省理工數學系唸書的十八歲天才男孩。

「賭」的境界因為詭陣玩法的出現，進入了另一個「全技術」的奇妙空間。

18

我們可憐的床，彈簧終於壞了。

小敏躺在發出吱吱尖銳聲的床上，雙腳輕踢著空氣「踩腳踏車」，據說是女人用來瘦小腿的簡單運動。我試著做過幾分鐘，一點都不簡單，他媽的女人真的可以為了瘦小腿忍受腳快抽筋的痛苦。

我坐在沙發上看著錄影帶，那是兩年前在雅加達舉辦的亞洲賭王詭陣賽的公開轉播畫面。這幾天我幾乎都儘可能調來、買來、騙來我所知道的各種詭陣賽的錄影，這些畫面上並不會顯示四個玩家各自擁有的十張廢牌的內容，所以我正好練習猜。

小敏有一搭沒一搭地跟我聊天，並不會打擾到我。或者應該說，就算打擾到我的思考，也是我必須儘早習慣的情境變數。

「你贏了賭神後，接下來想要做什麼啊？」小敏問我。

「不知道。我現在就去想那些未必會發生的事，肯定會先輸在那張桌子上。」我說，手指輕扣下巴。

「那麼，你贏了賭神後，要做什麼啊？」小敏嘖嘖，還是那一句。

「當賭神啊。」我開玩笑。

「當賭神太招搖了，還是繼續當你的小騙子比較幸福啦。」小敏咯咯笑。

「我同意。坦白說詭陣賽輸掉的代價實在太大了，這不是人類能夠連續蟬聯冠軍的比賽。我只想贏賭神一次。贏他就可以了，排名第二或第三也沒有關係。」我說，吐吐舌頭。

錄影帶播到最後，一個玩家寫完遺書後，便在賭桌上開槍自殺。配合玩家居高不下的腦壓，血噴得非常壯觀。

他媽的，真的是夠變態的遊戲。

我的手機震動，一看，是冷面佛老大專屬的簡訊來源。

「又要做事了。」我皺眉。

「不是再過兩個禮拜就要比賽了？」小敏提醒。

「我了，所以我並不打算接這個案子。但我他媽的得親自跑這一趟，告訴那個殺人魔老大轉單才行。」我起身，吻了小敏的額頭。

理由並不需要太累贅，就告訴小劉哥我最近手上的案子很多（反正他也不會白目到問我手上到底有什麼案子），沒辦法再新接一個就是了。

按照慣例，兩個小時後，我走進死神餐廳接單。

讓我微感驚訝的是，與我接頭的並不是小劉哥，而是一張大約三十五歲的陌生臉孔。男人，厚唇，瀏海蓋到了細長的眼睛。

「你好，我是冷面佛老大新的代理人，我叫紳豪，紳士的紳，豪邁的豪。從現在起由我負責仲介給你的單子。」男人微笑伸出手，我禮貌性地握了握。

「怎麼，小劉哥被換掉了嗎？」我問，只是好奇。

「是這樣的，與以前不同，原因必須現在就告訴你。挪，這是你這次的任務。」紳豪一臉嚴肅，將牛皮紙袋遞將過來。

我打開，裡面的照片讓我大吃一驚。

他媽的，這不就是小劉哥嗎？

「小劉這次闖禍了。」紳豪平靜地說。

「怎說？」我知道小劉哥一輩子不成氣候，但沒算到他會倒楣致死。

「上個星期老大有一批粉從東港上來，價值三千多萬。結果消息走漏，被海巡給抄了。小劉負責的，該他倒楣。」

「這種見不得光的事本來就很有風險。」

「這點老大也知道，除了要他自己剁掉左手小指外也沒再多責備什麼。但問題出在，我調查出來是小劉偷偷報的警，而警方也如他的意抄了他的貨。所以……」紳豪嘆氣。

「我懂了。但小劉哥並沒有讓所有的貨讓警察抄個乾淨，而是私吞了大部分的粉，讓冷面佛老大誤以為所有的貨都教警察給沒收了。有了警察揹鍋，如此一來小劉哥就可以私下變賣那批粉獲利。」

「沒錯，小劉這次玩得太過火。無論如何老大都要他的命。」

我一凜。這事的確無可挽救。

「既然要殺雞儆猴，怎麼會找上我這種神不知鬼不覺的騙殺專家？」

「因為你認識小劉，殺起來或許比較方便，不是嗎？只是老大要你在推他下火車、推他下樓或是使出什麼手段前，用冷淡的語氣告訴他一聲：冷面佛老大叫我問候你。然後記住他的表情跟我回報就行了。」

「但冷面佛老大不想讓所有人都知道，背叛他的下場就是死？」

「比起殺一儆百，老大更介意別的幫派知道他的屬下竟敢黑吃黑他，簡直就是耍他猴戲，不把他放在眼裡。你該知道，老大最痛恨的，就是失面子。」

紳豪兩手一攤。

「的確。」我露出猶豫的表情。

現在我該怎麼辦？告訴他我現在很忙沒辦法接這個單？或是更妥善地，告訴他這個目標跟我有些關係，我還是不忍心下手——這個理由也是合情合理，只要我在離開死神餐廳後，把嘴乖乖閉牢就是了。

但我實在無法眼睜睜，看著小劉哥就這樣被自己的老大給做掉。

「怎麼？看你表情不對，是下不了手嗎？」紳豪直截了當。

「不，我只是在盤算，最近我手上的單子挺多，再卡上小劉這一個我該怎麼做事……幸好我跟小劉早就混熟，不然這個單子我今天無論如何都會推辭掉。」我說，半真半假。

「是，如果由你出手，對他肯定是出其不意。老大喜歡這樣。」

「嗯，就等我的好消息吧。」

我起身，兩人再度握手。

「等等。」紳豪突然有些扭捏。

「？」

「如果以後你的面前出現另一個人，塞給你一張牛皮紙袋，裡頭是我的照片，你會怎麼做？」喔，原來如此。

「我們只有一杯茶的交情，但我跟小劉則有十三杯。然而小劉還是跟閻王有約，沒得取消。」我笑笑，不去注意紳豪臉上刻意裝出的鎮定表情。

我走出死神餐廳，心中已經有了定數。

小劉哥因為黑吃黑而必須死，就黑道的道德倫理上絕對沒有轉圜的餘地，簡單說就是死也活該。

但我認識他，一個永遠翻不過身的小弟命可憐蟲，大概在冷面佛底下也混得不很舒坦，才會想鋌而走險吧。管他的，多可憐多情有可原等等都不是理由。真正的理由是我不想他這樣就死了，天殺的只因為我「有其他的事要忙」！

再度認清自己無可奈何的個性，未嘗不是好事。

我擱不下這件事，儘管與賭神的詭陣之戰已經沒剩幾天了，但仗著我與小劉哥先前的些許交情，處理起小劉哥的事應當加倍順利才是，或許我僅需要幫他規劃新的人生起點，省略下最麻煩的說服那部份。

在街上刻意多繞了兩圈後，沈澱好幾句該說的場面話，我打了電話給小劉哥，跟他約在他家樓下轉角的三媽臭臭鍋店見面。

那裡人多，可以讓他安心，我的能力他很清楚。

19

小劉哥的臉孔看起來很蒼白，不斷四處張望的眼睛底下繃著好些緊張情緒，似乎知道此時此刻我為什麼坐在他的對面。

我點的東西不多，因為我想只有我一個人吃得下。

「我不知道該怎麼辦，但我很清楚區區斷了一根手指，不能擺平老大心中的怒火……」小劉哥看著幾乎沒有動過的湯鍋，放在桌上還包裹著紗布的殘手，明顯還在顫抖著。

切下小指賠罪，馬的日本黑道那套也不必這麼進口吧。

我不接話，夾起在海鮮鍋上載浮載沈的油豆腐，沾了點豆瓣醬，咬進嘴裡的時候不由自主想起了周董那首上海一九四三。

「其實我根本就是被陷害的，我幫老大下過這麼多單，難道還不知道老大的脾氣嗎？私吞老大的貨這種事我根本想都沒想過，還被逼得自己砍了根手指道歉！歐陽！你告訴我！你相信我會做出這麼愚蠢的事嗎！」小劉哥用的辭越來越激動，但語氣卻越來越萎靡。

他很清楚，真相到底是長什麼德行根本不重要。冷面佛老大又可曾在我這邊下過一份像樣的單?沒有，一件都沒有。

「這年頭大家都喜歡說：出來跑的，隨時都要準備還。但我很不服氣，從頭到尾我都沒有害過人，我對老大一直都是忠心耿耿……」小劉哥握緊筷子，氣到連尾音都在發抖。

這段話見鬼了的錯誤百出。

小劉哥幫他們家老大下單這種事就已經夠他下地獄了，「奉誰的令」這種理由根本不是藉口——每個人都有逃走的機會，只是大家都樂於選擇在老虎旁邊當鬃狗分點殘羹肉屑，戰戰兢兢卻又他媽的自以為樂在其中。

出了事很正常，但鬃狗總是有話說的。

「小劉哥，我沒意思殺你。」我聳聳肩，剝起蝦子。

小劉哥慘然搖頭：「別以為你刻意帶我到人這麼多的地方我就會大意，在這種地方下手，任誰都會覺得是個意外……等到我信任你的時候，我的命也就送了。省省吧！」

「我知道，所以你一口都沒有動。不過我勸你還是多吃點，免得你跑路起來沒有力氣。」我說，蝦殼一片片躺在桌上。

嘴裡含著蝦肉，我隨手在小劉哥的湯鍋裡夾起一片蛋餃。雖然不可能就此取信於他，但做了比不做好。

「跑路?你要我跑?然後呢?在我後面陰我一把?」小劉哥的鼻孔噴出氣，額上盜汗，眼神激動。

「如果我真要殺你……算了，其實我的本事也不大，但至不濟也應該可以幫助你逃走。是的，逃走，你沒聽錯。」我啃著蛋餃，此時越是若無其事的模樣越是誠懇，而不是步步逼近地掏心掏肺。

小劉哥越是一直無法冷靜下來，他的汗水越來越沒有節制地表露他內心的恐懼，眉心，鼻頭，眼角全都是斗大的汗珠。

「你一直都是用這種方式殺人的，對不對?」小劉哥深呼吸，還是不信。也難怪。我是用騙術當招牌的殺手，他非常清楚。

「為了錢，我可以就這麼把你殺掉?」我兩手一攤。

「你以為我跟其他人一樣，那你就大錯特錯了。」小劉哥瞇起眼裝狠。唉，沒想到要打動這個舊識是最困難的。我看著小劉哥手中緊緊握住的筷子。如果此時筷子冷不妨朝我的脖子一刺，我可能得喚老闆叫救護車。

「如果我們之間的友情說服不了你，是的，那也很正常，事實上我們之間的確沒有友情，只是他媽的認識。」我換了個冷靜的分析角度，說道：「但你既然很清楚冷面佛老大的作風，就該知道如果我失敗了，接下來要對付你的殺手就不是我這種貨色的傢伙。你會死，而且是零零碎碎的死。」

我說完，小劉哥手中的筷子也不再顫抖了。

他只是茫然地看著我，處於無法信任卻又過度無助的狀態。

「不吃的話就走吧，我的時間寶貴，想跟我談的話就跟著我走，想跟下一個殺手一決生死的話，就走你的吧。我會去跟雇主報告我下不了手，就這麼簡單。」我淡淡一笑：「沒有人規定殺手一定要接下單子。」

20

五分鐘後，我起身付帳，然後離開臭臭鍋店。

小劉哥沒有跟著我離開，但我的腳步刻意放慢，等待他從後面追趕上的急促步伐。我了他，他會跟的。

你或許會想問我，為什麼我不跟他挑明了說，我以前接他的單根本就沒有殺過人，而是一屁股在救？或許這麼做會很有效，是很好的做事方法。

但不是好的做人方式。

別人放心將他們關鍵的死而復生一把眼淚一把鼻涕地交託給我，是我的職責，也是我的榮幸，他媽的不是讓我拿來交易下一樁信任用的。每一個我過手的單，最後都是一座座必須重新低調建立自己人生的孤島，我一個字都不能透露，免得有任何意外鯨吞了他們苦苦蜷縮的新人生。

我慢條斯理走在他熟悉的巷道裡，吹著口哨，想著就算小劉哥不肯跟上也罷，反正我的職業又不是菩薩，救人總有個限度，不能勉強對方，更不能勉強我自己。

「歐陽！」

果然。

我停下腳步，微笑慢慢回頭。

但小劉哥不只是跟上，他的手裡還多了一把槍，對著我，上膛。

我愣了一下。

人啊，真是沒辦法整個摸透。尤其是對方已經瀕臨極限的時候，可能完全變成一個你不認識的混蛋。

此時有點不妙，附近的環境還真是沒什麼人，入夜了的冷清。

「你到底在搞什麼鬼！」小劉哥激動大吼：「是想騙我進小巷子，然後勒死我對不對！告訴你我不會上當的！不會上當的！」

我屏息以待，在冷靜的呼吸間判斷著小劉哥會不會開槍。

會？

小劉哥平舉起手，用槍管瞪我。

不會？

「你先上路吧！」小劉哥咬牙大哭，扣下板機。

我大吃一驚，只聽見子彈在我的耳際呼嘯而過的吹響，然後是來自後腦的巨大爆碎聲。水泥牆上的石屑噴在我的後腦勺上，我慌亂蹲下。

「混蛋！這算什麼！」我在地上打滾，急急忙忙找了個垃圾桶當掩護。

我的耳朵還在嗡嗡鳴震，剛剛反射性瞬間壓低脖子，整條頸筋都在痙攣。

「我叫你去死！」小劉哥的腳步逼近，聲音淒厲。

我腦袋一片空白，坦白說那一瞬間我整個人都斷線了。小劉哥這王八蛋竟然真的開槍！要不是他槍法遜斃，我現在就雙手捧著自己的腦漿發呆了。

「等等！聽我說！」我大叫，一手抱頭，一手在上衣口袋裡亂掏。

每件事都有它的代價。

我從沒殺過人。

被人殺死這種代價，我確信不能接受。

在這種節骨眼，我發顫的手竟想點菸，潛意識底大概認為一點了菸，我就能想出解決困境的方法似的。

「你說得夠多了！」小劉哥邊走，又開了一槍。

子彈擦過我頭頂上的金屬垃圾桶，那尖銳的聲音再度中斷了我的思緒。

也中斷了我手中的菸。

「你這王八蛋看不出來我想要幫你嗎！」我害怕大叫。

小劉哥不再咆哮，他已經走到我的身旁，冷冷看著蜷蹲在垃圾桶後面的我。

槍管冒著焦煙，我聞得到。

我愣愣地看著小劉哥，這種生死一瞬的時刻我還真沒遇過。

「對不起。」小劉哥的眼神卻是另外三個字。

他扣下板機。

21

是的我他媽的沒死。

現在我正帶著用槍頂著我背脊的小劉哥，無奈地走下計程車。

過幾分鐘我們就會來到我家，那個擺滿盆栽跟藏著個漂亮女人的公寓。

「就是這裡嗎？」小劉哥緊張兮兮地東瞧西瞟，生怕有人埋伏。

「你有種一點好不好，手上有槍的是你不是我。」我淡淡回應。

我被押著慢慢上樓，小劉哥繼續保持他歇斯底里的緊張。我心中念著跟我不熟的阿彌陀佛，暗自祈禱他不要突然一個踉蹌或噴嚏，就把板機給我扣下去……

我說過了，幹殺手這一行的，總會遇上邪門的事。

半個小時前，小劉哥手中的槍不曉得是粗製濫造的黑心牌手槍，還是哪裡出了毛病，總之子彈突然卡在膛線上，板機扣不下去。

小劉哥皺起眉頭，正要繼續嘗試對我開槍時，怕死的我終於招了。

現在我站在門鈴前，再過幾秒，我就得讓小劉哥看看曾經是小琦的小敏還活得好好的，讓他明白我所說的都是真的，我就是他媽的那種不務正業的殺手。

我按下門鈴，小敏開的門。

「不好意思，帶了個不受歡迎的客人回家。」我無奈攤手。

小劉哥狐疑地打量著曾些微整型過的小敏，眼睛慢慢瞪大，唔地點點頭。到了此時還真不由他不信。

發覺到我被一把槍給頂著，小敏也嚇到了，手忙腳亂地開門讓我們進屋。

「這混蛋就是冷面佛老大的手下，現在則被冷面佛自己下了單待宰。我說要幫他，他不信，還想殺了我，他媽的只好讓他過來親自看一看妳。」我說，回頭瞪著小劉哥手上那把討人厭的槍，坐下。

小劉哥回過神來，似是鬆了一大口氣，將槍關上保險，放回懷中，跟著坐下。

我倒茶，心中不斷大罵。小敏則不敢說話，坐在離我們很遠的床上。

早知道小劉哥會失常到這種地步，我絕對不會接下這個單子，讓他自己用他手上的槍把事情做個了結就是。

一想到他真的對我放槍，我現在卻更得救他，我就一肚子不爽。

「對不起，我……我竟然對想要幫忙的你開槍……」小劉哥一臉愧色，我拿起桌上的紙巾丟了過去，讓他把臉上的大汗擦一擦。

「只有道歉還不夠，首先，你得認清你的狀況。你下半輩子不能再當黑道，要老老實實地靠其他的本事活下去。你會失去很多，但會留下性命。我的做法很複雜，但只要你夠信任我，接下來…」我開始長達兩小時的無奈解說。

小劉哥閉上眼睛，不斷地嘆氣，肚子裡悶著塊狗屎不停發酵發臭似的。

曾幾何時以為能夠靠苦熬跟拍馬屁當上某個堂口的老大，專管一間酒店或賭場都好……現在卻得在菲律賓、或是中南美小島做出萎縮的人生選擇。

但沒有辦法，我他媽的一直重複強調，每件事都有它的代價。

「總有一天，冷面佛老大會死。那時我會通知你。」我拍拍他的肩。

「我真的很不服氣……」小劉哥看著小茶几上的仙人掌盆栽，流下淚。

送走好不容易定下神的小劉哥，我突然覺得很累。

這種事以後說不定還會發生……不，肯定會繼續發生。

我是說，在生死之間的巨大壓力與道德抉擇，我真的無法承受。

只要我還是殺手的一天，我的命就不可能像一般人一樣好好地走在人行道上。不管我殺不殺人，我永遠都會像個瞎子，逆向走在快車道上尋找走失的導盲犬，那般險象環生。

泡在澡缸裡，我只露出一雙眼睛一隻鼻子。

「我覺得，你一定贏得了賭神。」小敏坐在浴缸旁，捧著香精緩緩倒下。

「怎麼說？」我欣賞著小敏的小腿。那線條真是百看不膩。

「今晚會發生這種事，一定是老天爺在提醒你，你累了，所以應該退出了，因此小劉哥是你最……」小敏幽幽地說。

「不要說那句。總之，我會搞定，用很愉快的心情。」我用力打斷小敏的話。

小敏笑了出來。

「笑什麼？」

「你看起來沒有很愉快啊。」

「唉，那怎麼辦？」

「只好幫幫你囉。」

小敏笑嘻嘻踏進浴缸，接下來發生的一切，就不是我該告訴你的了。

我現在閉上眼睛，就會看見那一夜旖旎的情色，聞到她的氣味。

我願意將我一天的精力花在床上，其他事什麼也不管，為了她。
我願意將跟盆栽說話的時間通通都空下，只是澆水，為了她。
我願意將我的生命當作籌碼，跟賭神一較高下，為了她。

但現在，那個她已經不在了。

22

寫到這裡，我全身抖得像片枯掉的樹葉。
我看著鍵盤上的雙手，他們從來沒有這樣，無法停下來的發抖與痲木。
不是因為看到那一幕的恐懼，而是沒有出口喧騰的憤怒。
然後，眼淚就無法忍受地流下。
第二天我出門還ＤＶＤ影片，順便買兩個便當回家，小敏就只剩下一口氣，安安靜靜躺在我們的床上。正對她的電視開著，播著ＨＢＯ的影片。

小敏眼睛呆呆地看著前方，我走到電視前，她才勉強看見我終於回來了。

房間一片刻意破壞的狼藉凌亂，一半以上的盆栽都給砸毀，但這些都不重要。血從小敏的兩隻大腿內側不斷泌流出來，溼了半張床單。

我深呼吸，暗中祈禱檢視傷口，然而兩條股動脈都給整個砍斷翻出，沒得救，即使身邊正好有最專業的急救團隊都只能束手無策。但行兇的做手，卻又刻意用塑膠繩纏綁住她的大腿，生怕我回來看不到小敏最後一面似的。

不是專業殺手做的事。標準的，黑幫份子復仇式的殺戮。

「我回來了。」我鎮定地輕拍小敏的臉。

「幸好你出去了……」小敏勉強擠出個微笑。

「沒這種事，都是我不好。」我吻了一下她的臉，蒼白，透著冰冷。

「我跟你說，這半年，都是我多活的。」小敏歪著頭看我，生怕我哭。

「哪的話，在遇見妳之前，他媽的我這輩子不算做過愛。」我哈哈。

「好想喔……」小敏嘟嘴。

「好想再做一次嗎？」我開玩笑，作勢要解開褲子皮帶。

「好想看你贏賭神的樣子喔。」小敏幽幽說道。

我沒有哽咽，只是露出理所當然的愉快表情。欺騙是我的專長。

我們就這樣若無其事地聊天，從盆栽到做愛，然後是我該穿哪一套西裝上麗星郵輪比較帥氣等等，直到小敏說她有些累了，我才將我的手臂伸向她的後頸當枕頭，讓她安安穩穩地歇息。

「我愛妳。」

我看著模糊的天花板。一瞬間，兩隻耳朵都充滿了溫熱的淚水。

我沒有殺過人。一個也沒有。

但那些都不重要了。

當時我壓根一點都不想報仇或逃走，只覺得什麼都不重要了，身體一直往床底下陷，陷，陷，最後連呼吸都感到悲傷的多餘。

有幾分鐘，我覺得自己已經死了。

好久，直到手機鈴響，我才從隨時都可以死去的情緒中醒轉。

「歐陽，我是小劉。」

你去死。但我沒說，只是聽。

「很抱歉，我必須這麼做才能交換冷面佛老大的原諒，重新回到組織。」

你去死。我的眼淚震動起來。

「歐陽，你不是正好逃過一劫，而是我決定放過你一馬，是我叫那些人趁你出門的時候再進去做事的。你知道，我是個很重感情的人，你昨天這樣對我，我一直記在心頭。」

「……」

「如果你還有以前該殺而沒有殺的人的下落，還請你告訴我，我好向冷面佛老大交差。我可以力保你不死，而且不需要用另一個身分活著。」

「……」

電話那頭開始沈默，我也不可能回話。

事實上我的眼前一片漆黑，團團怒火在我的腦袋裡激烈燃燒。

一分鐘後。

「我了解。但就像你教我的，每件事都有它的代價。如果你不肯透露其他人的消息，我也不會勉強，但你必須在三天之內離開台灣，從此不能回來。你決定好了嗎？」小劉哥重又開口。

「小劉，你說的是真的嗎？」

我冷冷問道。

「歐陽，託你的福，我活著，以後也會活得挺好；託我的義氣，你只是死了個女人，現在我們算是扯平。三天，是我約束手下最大的極限了。你這六年來也該存了不少錢，逃到哪裡都能過好日子，不是嗎？從現在起，用盡你所有的本事，逃走吧。」

「你以為，你這樣做冷面佛就真的會放過你？」

「我沒有選擇。」

不，你有。

「我需要向你道謝嗎？」

「不必，我們是朋友。」

我掛上電話。

我看錯了一個人。

跟一個人走得太近，在極端的情境下，我喪失了最冷靜的判斷力。

小劉哥背叛了我，而他給我的回報，竟是放我一條生路。

逃是一定逃的……但，你一定要死！

23

兩天了。

有個叫泰利的強烈颱風撲上台灣。

這個颱風帶來十年罕見的十七級狂風，風速強到雨量根本就追不上。

我看著碰碰震動不已的窗外，雨水以我前所未見的橫向姿態在大樓間狂掃而過，白色的雨波一盪一盪的，透過狂風囂張的模樣看清楚這個颱風的生命力。

我將手伸出去，雨水真稀薄，卻都狂亂地以高速飛撞。

幾只不知所以然的紗窗張牙舞爪在半空中吹浮著。

斷掉的纜線在空中飛舞，其中一條時不時毆打著我眼前的窗戶，隨時都會將玻璃給掃破。

突然一陣暴響，電線桿上冒出青色的火花。

收音機裡中廣新聞傳來：「泰利颱風行徑詭譎多變，因為地形阻撓，結構遭破壞，颱風分裂為兩個中心，低層中心早上七點半已經從宜蘭花蓮之間登陸，不過，結構遭到破壞成了熱帶低氣壓，高層中心在台中外海，形成副低氣壓中心持續朝西北前進，預計要到傍晚過後，台灣才會逐漸脫離暴風圈。泰利狂掃台灣一整夜，上午的台北雨勢減弱，不過，陣陣強風還沒有減緩的趨勢……」

遇上了聳拔的中央山脈，連颱風都分裂了。

而我的人生差不多，也面臨一分為二的痛苦狀態。

我打了通電話給幾乎每個殺手都擁有名片的「屍體處理人」。

我沒有特別交代屍體處理人該怎麼料理小敏的屍體，畢竟人都死了，剩下的殘餘我並不特別看重，我只是不想跟警方交涉、徒給自己麻煩。小敏可能被草率地火化，然後骨灰被作成教室用的粉筆；或是被倒進絞肉機裡碾成狗罐頭裡的營養成份；或是被橫七豎八埋在深山裡的枯樹下。

我不知道。

我只是給了雙倍的錢，暗示屍體處理人這不是一具「被殺死的目標」，而是一具需要多留點心的死人，希望屍體處理人能善待些。

然後我將所有的盆栽打包，租了一台小貨卡載到陽明山山區，分門別類擇土栽種。我曉得，不管這些小傢伙覺不覺得跟我這個主人說話很有趣，讓他們的根回歸到大自然的泥土，他們絕對更高興。

「從今以後，就得靠自己用力的活下去。」我平靜地將泥土拍實。

歸還了貨卡，我離開了危險的故居，換了幾台計程車繞了幾圈，確定沒有人跟蹤我後，我就找了一間破亂的汽車旅館窩著。

我無法停止地看錄影帶，一捲看完又推入一捲，完全沒辦法停下來。然而，我的眼睛看著電視螢幕上的詭陣賽記錄，腦子卻崩成了兩塊，矛盾地彼此嘶咬，發出野獸的痛吼聲。

我故作輕鬆，洗澡，叫東西吃，睡覺，做夢，看錄影帶。然後寫這封信給你。

我現在正看著鏡子，我的模樣看起來像是剛剛去了一趟地獄，而且還沒回過神來。但我接著要去的地方，比地獄還要可怕。而且連個名字都沒有。

明天早上十點，麗星郵輪就會拉起沈重的錨，駛向世界賭神大賽的海。

「好想看你贏賭神的樣子喔！」小敏說這句話的模樣，讓我不能自己。

我從不後悔我救了這麼多人，也沒對割掉包皮的事耿耿於懷。

但我現在好想殺人。

從來我就不認為自己是個好人，但如果我整天瞎忙著救一些白爛的代價，竟是身邊愛人的慘死，上面還有人管嗎？如果上面沒有人管，是不是下面也沒有人管？做盡壞事的人根本就不會得到報應嗎？

我想殺死小劉哥，想殺死冷面佛老大。

他媽的我倒是很願意承認，就算真的有地獄報應這種事，我還是很想在現在就殺死他們。報應存在與否，根本無關緊要。

我的意志堅定，為此我很快就弄來了一把槍，兩顆手榴彈，還有三十六顆子彈———如果我有幸全都用完的話。

你一定在笑，畢竟我的確不是那種拿慣槍的殺手。我攢下的鈔票大可以聘雇一個可靠的同行，甚至是萬無一失的殺手G，讓那些真正殺過一堆人的真正專家，去宰掉他媽的我想殺的那兩個人渣，讓他們領教死亡的悲慘顏色。

但我不爽別人幫我動手。

若由我自個兒動手，用我擅長的「騙術」慢慢觀察機會，就時間上太匆促，在客觀條件上也同樣窒礙難行，尤其是小劉哥與冷面佛都知道我有殺死他們的理由，我完全無法靠近。

我不是神，也不是師父，我深知身為一個人的無奈與極限。

但報仇的真正意義，在於痛苦得以沸騰的過程，而非模稜兩可的結果。真正去計較勝算的話，一開始我就應該逃，逃得遠遠的，而不是坐在這裡寫信。

殺手是不懂報仇的。

我不讓死神用任何方式惦量我的命，我不屑。

此刻沈默地拿著槍的我，並不是一個殺手的身分。

今晚，我是小敏的男人。

「喜歡一個人，就要偶而做些你不喜歡的事。」

這是小敏說的，牢記在我心裡的話。

是的，我很樂意用不是我的風格，不是我的算計，就這樣大大方方地衝進冷面佛戒備重重的豪宅，把所有的子彈用罄，雙手拉開手榴彈保險，跟這兩個人渣一起變成熱騰騰的肉屑。

最佳的狀態下，我還可以帶著半條命搶登上麗星郵輪，渾身是血地坐在詭陣四方桌上，好好地贏賭神一把，完竟小敏的心願，解除我的殺手制約。

就這麼幹！

九把刀，看出來了吧？這是我最後寫的信，一個殺手他媽的諷刺人生。

如果第二天沒有在報紙社會新聞的頭版上，看見冷面佛跟那背信忘義的人渣的死訊，那就是我翹毛了。據說你最近在寫關於殺手的小說，希望這封信能夠讓你有些啟發，迸點靈感什麼的，只要記得將其中幾個相關人物的名字換一換就行。你了的，我沒什麼可失去的，我的人生在三天前就已繁花落盡，請你保護我曾經救過的人，那點小小的卑微存續。

風歇了，全世界的雨同時落下。

該死的計程車已經在對街等著了，閃著黃燈催促著我的槍。

每件事都有它的代價。

怕死的我很高興，某一天我終於發現有個代價比死還更不想遇到——就是我為了活下去，竟可以丟棄我身上除了命之外的所有東西。

那樣我根本不是一個人，更不會是小敏的男人。

我很樂意就這樣死去。

歐陽

九把刀，後記

很羨慕，歐陽盆栽能找到一個可以為她而死的女人，然後義無反顧實踐他的愛情。很老套，但這就是男人的浪漫。真的非常非常的，非常的羨慕。

就在我接到這封電子信件後，正好是凌晨四點。泰利颱風的中心已經移往大陸，留在台灣的，只有讓大地同聲的滂沱大雨。

我並不抽菸，我總認為在手指間夾上一根菸是個很多餘的動作……至少不符合我個人的人體工學。但我還是撐起歪歪斜斜的黑傘，走到樓下街角的便利商店買了一包菸，用火柴點上一根插在桌上的黃金葛盆栽裡，遙祭著一位素未謀面的，從不殺人的殺手。

人生不是曲折離奇的小說。

我想這位來不及交的朋友，此行是凶多吉少了。我所能做的，也不過就是用我的鍵盤，將他委託的故事重新改寫一遍，將他「每件事都有它的代價」那句話的精神，帶進我與讀者間的文字對話裡。

然而過了五個禮拜，在一場於交通大學演講過後的讀者咖啡聚中，我從一個擔任賭局發牌員的新讀者那裡，聽到了一個驚異非常的真實故事。

那故事發生在颱風過後的大雨天。

一艘開往公海的豪華郵輪上，一個從未在行家賭博界嶄露頭角的新面孔，穿著染血的白色西裝，帶著滿箱鈔票與債卷，面無懼色，以令人嘖嘖稱奇的干擾戰術在三十九局詭陣初賽中贏了二十一局，取得坐在當世賭神面前，互賭性命的瘋狂資格。

接著，牌桌上的四人展開了一場神乎其技的對決。

「最後，那個男人贏了嗎？」我問出口的時候，聲音都在發抖。

「……」發牌員莞爾。

那個沒有人看過的新賭客，牌技雖好，但絕稱不上頂尖。相對的，新賭客的思路卻極其狡詐，不斷用遠交近攻的來回縱橫法，邀集另兩個行家共同利用鬼牌惡意破壞掉賭神手上的牌，在搭配拒絕與賭神進行交易的孤立策略，讓賭神從第八局以後就在三打一的情況下，一路吃鱉到底。

你猜對了，新賭客根本志不在獲勝，他的敵人只有賭神一個，他所有的牌都在用力拉扯賭神的氣運，錯亂賭神運牌的「呼吸」。

到了最後一局，新賭客與賭神並列最後。賭神的籌碼略勝新賭客，但誰多輸了這一把，幾乎就得把命留在海上。

到了此時，新賭客只說了一句話，就讓其他已不需要靠最後一局分出勝負的兩名行家蓋牌退出，讓整張賭桌只剩下賭神與他兩人。

賭船的氣氛變得非常詭譎，因為新一屆的賭神已經提前產生，但所有圍觀的賓客依舊屏氣凝神，將所有的注意力放在這倒數最後兩名的賭客生死對決，彷彿賭神易主並不是那麼重要的事。

「他們手上的牌你還記得嗎？」我熱切地問。

「怎會忘記？」發牌員聳肩。

Joker

牌面上，擁有鬼牌的賭神必然將鬼牌當作黑桃七，所以最大的狀態是「黑桃同色七，三條」。然而新賭客卻擁有壓倒三條的「順子」的可能。也就是說，萬一新賭客的底牌是5……

原本心高氣傲的賭神，是不可能相信新賭客的底牌會讓他的牌湊成順，但桌上這由四副牌共同隨機篩選後的詭陣牌，玩到了最終局，大家對牌的內容已經了然於心。

雖然能讓新賭客湊成順的「10」只有一張，但已經確定這副牌「5」非常的多，至少有十二張……然而放棄看牌的其他兩名玩家合計卻只拿了兩張，扣掉賭神的一張黑桃5，還有驚人的九張沒有出現。

新賭客的底牌，是「5」的機率不小。

「牌面我大，籌碼五注。」新賭客面無表情，將最高注限的一半推到前面。

高大的賭神瞇起眼睛，以君臨天下的氣勢打量著新賭客無底洞似的眼神。

如果這一把不跟，那就是新賭客贏走桌上籌碼。計算起來，兩人手中的籌碼將一樣多，屆時進入延長賽，依照規則將由兩人再單挑最後一局。

這個局面，當然新賭客也很清楚。

甫獲得新任賭神桂冠的詭陣參賽者，忍不住咕噥起來：「如果你真是順子，怎麼只喊十注？你錯估了賭神不可能被唬倒的精神力。」他嘆氣，因為他能夠贏垮賭神，百分百並非技勝一籌，而是全仗大家同舟共濟擾亂賭神的運牌，至於策劃者正是這位不知名的新朋友。如果可能，他希望舉槍自盡的人是賭神，而不是這位奇特的盟友。

新賭客毫不迴避賭神的眼睛，緩緩道：「因為我知道他拿的是鬼牌。」

牌桌上，一張鬼牌都沒有出現。

聽到此句，賭神一笑：「就算我拿的是鬼牌，也未必相信你是順子。」

「你可以不信，但我沒看見你把籌碼推出來。」新賭客冷笑：「我花了十二局在動搖你的運，而你這把卻跟定了。不跟，你就等著在延長賽把自己的腦袋轟掉吧。」

沒錯，下一場未必能拿到決定八成勝負的鬼牌。賭神這把贏面居大，可說是跟定了。如果放棄不跟，真實狀況卻是自己該贏未贏，等於是斷了自己的氣，那是賭的大忌。

問題是怎麼個跟法？

賭神深呼吸，將底牌翻出，果然是鬼牌。

此時賭神的身影突然拔昇巨大了起來，斜斜地壓向賭桌的另一端。

那是無懈可擊的賭魄，刺探著新賭客的瞳孔反應。

新賭客沈穩道：「我聽過一句話。要成為英雄，就得拿出像樣的東西。」

「不，你不是。」賭神睥睨。

「……」

「如果你真有你說的氣魄，就該自信如果你被換了牌，還是會換到順子，那麼你就該氣燄囂張地把十注籌碼都推出。你很怕我踢掉你的順，騙不了我。今晚我受夠了你的氣，沒理由讓你活著下船。」賭神淡淡說道，將五注籌碼推前，然後翻手，又加碼了十注。

賭神丟出鬼牌，說：「我跟，再加十注。然後我要用鬼牌踢你的方塊8。」

新賭客臉色不變，任由發牌員將他的方塊八抽走。

他不得不跟。不跟，輸了這一把，代價就是死。

發牌員各自補了一張牌給用罄鬼牌的賭神，與被強制換牌的新賭客。

賭神補進了一張黑桃5，所以牌面上是7、5雙對。依舊非常強勢。

而新賭客則補進了一張黑桃6，底牌在未掀開的情況下，最大的牌面是同色6單一對，仍舊輸給了賭神的雙對。

新賭客微笑，掀開底牌。

勝負揭曉。

方塊6。

「同色6三條，大過你的雙對。」新賭客微笑。

原來，新賭客利用這副詭陣5很多的特質，偽裝成順子，欺騙賭神拆掉強牌同色7三條，去毀掉新賭客自己區區的同色6一對。為的是什麼?為了獲得「再進一張牌」的機會——買6，買9，買鬼牌。而新賭客，就這麼千驚萬險地矇到了6。有那麼一瞬間，賭神面無血色，卻又旋即回復神采。

然而這場賭局最精彩的部份，竟是從結束的那一秒才開始。

「你把你的所有身家都輸光在這張桌子上，就為了這最後的騙局。了不起。」賭神微笑，舉起放在桌上填滿子彈的手槍。

不愧是一代宗師，願賭服輸。

即使輸掉的東西，再也沒機會贏回來了。

「在你扣下板機之前，請聽我說幾句話。」新賭客點了根菸。

新賭客此話一出，賭神當然也想聽聽這位工於心計，把把欲置他於死地的陌生對手到底想說什麼，於是將手槍放回桌上，深呼吸。

所有原本開始鼓譟的圍觀人群，全都靜了下來。

「賭神，這輩子你可曾愛過一個女人？」新賭客看著賭神的眼睛。

「是。」賭神的眼睛蒼老，卻閃閃發光。

「請你，替我殺了冷面佛。」新賭客微笑，竟舉起賭神剛剛放下的手槍。

賭神睜大眼睛，錯愕看著新賭客扣下板機，沸騰的鮮血飛濺在自己臉上。諒他縱橫一生，卻不曾見過這種怪誕的急轉直下。

新賭客砰然倒下，斜斜的身體撞在地板上，太陽穴兀自冒著刺鼻的煙。

發牌員、警衛、船醫一齊衝上前，在慌亂中遺憾地確認了新賭客的心臟停止跳動。奇變陡生，全場面面相覷，接著陷入一片嘩然。

看似與賭神有不共戴天之仇的新賭客，最後竟為了讓賭神活下去，犧牲了自己的生命……只為了一句不知道會不會被承認的話。

賭神嘆了一口，很長的氣。

「賭了這麼多年，我明白在場有許多我的敵人。」

賭神看著地上的屍體，平靜地拿起手機說道：「但我想說的是，各位若願意與躺在地上，這位莫名其妙傢伙交個來不及的朋友，請將身上的手機丟到這海裡。」

不到一分鐘，船上所有人的手機都落進煙雨濛濛的公海裡。

這算什麼？

我說不上來。我想應該說是一種，只有賭客才能體會到的義氣吧。

在任何消息都還來不及從郵輪上傳回台灣陸地的時候，賭神當著所有人的面，打了七通電話，每一通電話都意味著大筆大筆的鈔票瞬間燒盡。

賭船開始新賭神的加冕儀式，卻沒有人擊杯交談，大家都異常的沈默。

兩個小時後，舊任賭神的手機鈴響。

冷面佛在三溫暖裡胡天胡地時，被三個頂級的職業殺手轟得支離破碎，結束了他七日一殺的邪惡人生。

全場歡聲雷動，舉杯灑酒入海，一敬那位不知名的怪異賭客。

「真是好一場，神乎其技的賭局。」我熱淚盈眶，激動握緊拳頭。

「該怎麼說呢？他媽的那一幕我永遠不會忘記。」發牌員點根菸，笑笑。

編按：本文中有關填寫受益人及保險金詐領的手法於保險實務中並不可行，純屬娛樂，切勿模仿。

「量身訂作你獨特的殺手Style」網路改編活動起跑！

你想參與九把刀「殺手」的黑暗世界嗎？
你想賦予殺手豺狼飽滿的靈魂嗎？
歡迎你利用本書中對豺狼的側寫與蛛絲馬跡，
配合殺手的三大法則與三大職業道德，
加上你獨特的書寫風格，
在網路世界發表你量身訂作的殺手Style
（文字改編或影像衍伸均可）！
發表園地不拘，但建議可在bbs:wretch.twbbs.org中，SD_Giddens個人板；
或www.Giddens.idv.tw中，創作發表區貼文喔！

活動詳情請密切注意無名小站bbs:wretch.twbbs.org，SD_Giddens個人板；
或www.Giddens.idv.tw

國家圖書館出版品預行編目資料

殺手：風華絕代的正義／九把刀著. -- 初版，
-- 臺北市：春天出版國際，2005 [民94]
面；　公分. --（九把刀電影院；4）
ISBN 986-7135-00-8（平裝）
857.7　　94018926

九把刀電影院　4

殺手，風華絕代的正義

作　　者◎九把刀（Giddens）
版權授與◎可米瑞智文化傳播事業有限公司
　　　　　群星瑞智事業有限公司
專案企劃◎陳炘怡
企劃主編◎莊宜勳
封面設計◎永真急制workshop一小美
美術設計◎陳偉哲

發 行 人◎蘇彥誠
出 版 者◎春天出版國際文化有限公司
地　　址◎台北市忠孝東路四段303號4樓之1
電　　話◎02-2721-9302
傳　　真◎02-2721-9674
E-mail◎frank.spring@msa.hinet.net
郵政帳號◎19705538
戶　　名◎春天出版國際文化有限公司
法律顧問◎蕭顯忠律師事務所
出版日期◎二〇〇五年十一月初版一刷
　　　　　二〇一一年五月初版八十八刷
定　　價◎180元

總 經 銷◎楨德圖書事業有限公司
地　　址◎台北縣新店市復興路45號3樓
電　　話◎02-2219-2839
傳　　真◎02-8667-2510
印 刷 所◎鴻霖印刷傳媒股份有限公司

ISBN 986-7135-00-8
Printed in Taiwan